Ⓢ新潮新書

曽野綾子
SONO Ayako

人間関係

518

新潮社

人間関係……目次

第一話　「手広く」より「手狭に」生きる

視力障害という現実から

私が初めて自分の素顔と対面したのは、ほとんど満五十歳の時である。

私は生まれた時から、恐らく遺伝性の、強度の近視であった。満六歳で小学校に上がる時、既にものがよく見えなかった記憶がある。先生が黒板に書く字もよく読めない。しかし子供のことだから、そんなものかと思っていたので、日常的に眼鏡をかけるようになったのは、多分それからずっと後年のことである。

それまでは、時々隣の子のノートを覗いて写させてもらっていた。私が入学したのは、聖心女子学院というカトリックの修道院の経営する学校だった。当時「知る人は知る」けれど「知らない人は全く知らない」という当たり前過ぎる無名の学校である。一学年は五十人の一クラスだけという小人数であった。

母がどうしてそんな学校を選んで私を入れたがったかということは、また後で述べる機会もあるだろう。

聖心には、入学試験もなかった。クラスのほとんどが幼稚園から自然に上がって来た小学生で、幼稚園の受験でさえ、たった二つの問いに答えられれば合格だった。「お名前は？」と「お年は幾つ？」だけである。

生徒たちも適当に子供らしくのんびりしていて、私が始終首を伸ばして隣の子のノートを見ても、嫌な顔ひとつしなかった。私は聖心で、肉体上のことや、親の社会的経済的な力の差を理由に、苛《いじ》めや差別を受けた記憶が全くない。

小学校三、四年になると、私は視力のないのを理由に、いつも教壇の近くの前の方の席に移してもらっていた。常時眼鏡をかけるようになってから、私は後の席に戻った。いつもクラスで二、三番目に背が高い子供だったのである。

私の近視は〇・〇二以下の視力だったという。検眼表の一番大きな文字も規定の距離からは見えない。なぜ〇・〇二以下は数字で示さないのかというと、それ以下は計れないのだという。今のように電気的に眼球の構造を計る機械もなかった時代である。私は眼鏡を掛けた自分はよく知っていた。それなら鏡の中でよく見えたからだ。しかしそれも実はよく思い出せない。私は生涯に実に眼鏡にたくさんのお金を掛けたのだが、枠によって顔の印象も変わるから、鏡の中のどの顔がほんとうの自分なのか、よくわからなかったのである。

私は美容のために眼鏡をたくさん作ったのではない。ガラスレンズの時代には、何とかして分厚く重い玉の眼鏡で視力を出せるか考えて、枠の小さいものや二重になったものなどをさんざん探して、その結果たくさんの眼鏡を作る破目になったのだろうと思う。後年、私の知人が総入れ歯に四百万もかかったと言った時私は驚いたが、考えてみれば、私が眼鏡に掛けたお金もそれくらいになっていたかもしれない。

しかしほんとうの素顔を見ようとして眼鏡を外すと、私はもう自分の目鼻もよくは見えなかった。まもなくコンタクトレンズ時代を迎えると、私はいち早くコンタクトに切り換えた。強度近視には理論的にあれほど合理的なものはなかったのだ。ただコンタクトレンズはすぐに眼が痛んだり赤くなったり、中近東の砂嵐には非常に危険だったりして、問題続きだった。レーシック手術などというものはない時代だし、あっても私は手術を受けなかったかもしれない。私にとって視力とは、それほど貴重なもので、危険は何一つとして冒《おか》したくなかったのである。

自然に私は、視力障害という現実から、内面の心理を形成して行ったと思う。私は自分にできる仕事しかできない、と初めから諦めるようになった。人の顔を覚えられないのだから、接客業はできない。しかし世の中のほとんどの仕事が、他人と接触を持つ必要があった。とは言っても世間を断ってトラピスト修道院に入るような強い信仰も持ち合わさない。

前にも書いたことがあるのだが、さまざまな障害を持つ人が、全く体に弱点がない人と同じ職業につかせろ、と平等を要求するのは、むしろその人のためにはならない、と私は思っている。何が何でも平等が最も重要だと思う人は、それでいいのだが、それでは、その人の個性を生かせないのである。

たとえば私には医院の受け付け係はできない。患者の顔を素早く覚えて優しい声を掛け、最低限、この人はどこが悪いので、院長先生はどんな薬を出しているのかくらいの知識は持たなくては役に立たないし、医療ミスの原因にもなる。しかし私には患者の顔を覚える自信が全くないのだから、この仕事には不向きなのである。

聴力に障害のある人が、図書館の貸し出しに関する案内係の窓口に座るのも反対だ。相手の頼みや質問を聞けなくては、貸し出し業務がすんなりと行くわけはない。しかし聾唖《ろうあ》者すべてが図書館の業務から締め出されるわけではない。私は自分の聴力に問題があるなら、壊れた本の「直し」をやる部門で働きたいと考えただろう。「裏方」ではあるが、補修の仕事なら「ほかの誰もこれほどうまくはできませんよ。私に任せておいて」と言うほどの名手になろうとして努力するだろう。私には職人的な素質があって、一人でこつこつやる仕事なら、何でも得意なのである。

もちろん最近では、図書館の運営も変わってきていて、こんな素朴な職種はもはやないかもしれない。よほどの古書でない限り、補修などせず、電子書籍にすればいいわけだ。難聴の人は、紙の本を電子書籍に移す仕事をすればいいわけだ。

人生で盛大を望むかどうか

七十年も前でも、作家の仕事は、その点、私に向いているように思えた。特定の人、つまり私の係の編集者とか記者とかにしか会わなくて済むからである。私は視力はなくても音声の覚えはわりとよかったから、声で相手がすぐわかって、話ができるだろう。

作家同士の付き合いというものは、その人の生き方にもよるが、しなければしないで済むものだろう、という予測は大体当たっていた。昔から作家は奇人変人、偏屈でも非常識でも、勤まる職業なのである。私は今でもお酒を飲む場には出入りせず、パーティーにもほとんど出ない。カラオケというものさえ一度もしたことがない。

人が嫌いなのではないが、不特定多数の人のいるところには行けない、という引っ込み思案になったのだ。図々しいことを書く私の文章を読む人には、この事実は嘘のように見えるらしいが、こうした事情に対しては、日本語はうまい表現を用意してくれていた。私はつまり「内弁慶」になっていたのである。

視力は次第に悪くなり、私の眼鏡を掛けた矯正視力では、第二種運転免許を継続するにも無理がでるようになった。一九五五年に私は運転免許を取ったのだが、当時は、タクシーなどの営業もできる第二種の運転免許と、750cc《ななはん》と呼ばれる大型のオートバイにも乗れる自動二輪の免許がほとんど同時に自動的について来たのである。しかしもちろん私は、オートバイなど触ったこともない。

誰とでも付き合えない頑《かたく》なな性格だということは、私に一種の僻《ひが》みを与えた。しかしそれは同時に解放感ももたらしてくれた。一般に商売でも何でも「手広く」やろうと思うと重荷になる。しかし「手狭に」ひっそりやるなら過労にもならずに済むものである。「手広く」やれば、多くの人によく思って貰わねばならない、という現実的な問題も出て来る。しかし「手狭に」生きるなら、人がどう思うかなどということもさして問題にならない。

人生で、盛大であることを望むかどうかが、実は大きな生き方の分かれ目になるように私には思えた。私の育った家庭は、典型的なアッパー・ミドルと呼ばれる階層である。盛大を望んで、運がよければそうなれるかもしれないが、現状維持でたくさんと言う人生観にとりつかれても、周囲はそれを当然と思ってくれる気楽な立場である。

しかし私は、当時、世間的に見ると卑しい職業だとはっきり差別されていた小説を書く仕事に就くことを望んだ。この希望は、小学校六年生の時に既にできていたから、親しい友達にも打ちあけたことがある。

この点については、今の人たちは全く当時の事情を理解していない。完全な時代錯誤で、小説家はずっと昔からお金の儲かる華やかな仕事だと思っている。しかし一九五〇年代半ばくらいまで、作家という職業は食える保証もなかったし、心情的にもまともな生活者がなるものではない、と思われていた。

人間社会には差別があって当然かもしれない。いいこととも賢いこととも思わないが、相手に差別感情を持つことで自分の自信の構築の理由にしている人は結構いて、差別意識がそのために有効だとしたら、それは一種の道具のように役だつものと言ってもいいだろう。

現世に差別があってはいけない、とか、差別は既にないはずだ、と言い張るのが政治家や教育者や進歩的文化人・学者の仕事だ。もちろんそれができれば、こんないいことはないが、差別は永遠にあるものだろう、と認める小説家のような立場の人間もごく少数ならたまには要るのである。

　大会社の経営者は世間的にいい仕事である。こういう人たちはできるだけ見場のいい家に住み、教養ある紳士として振る舞う。しかし作家の場合、お金や学歴の有る無しは、その人の書くものの価値と全く関係ない。むしろこの世界では、東大法学部卒などと聞くと、「それじゃ多分小説は下手でしょうね」などと小声で言いたい気分があるのである。

　生き方は法を犯さない範囲で、それぞれの勝手なのだ。豪邸を作る人、ヨットに凝る人、着物道楽をする人、床屋にさえ行かない人、進歩的な（或いは保守的な）新聞にしか執筆しない人、最後まで借家住まいをする人、定住しない人、不潔を好む人、公然と愛人との二重生活を楽しむ人、貯金の金額を楽しむ人など、言い出したらきりがない。しかしその誰もが皆作家として生きられるのである。

　世間の常識では、自分の内面をさらけ出して書くような仕事は、精神的ストリップだと思われる。人前で衣服を脱いで恥ずかしいと思う人が絶対多数だが、裸体は多分神から創られた自然なもので、少しも恥ずべきものではないと感じる人もいるから、ストリップショウに出る人や、画家の裸婦のモデルになってくれる人もいるのである。私が尊敬している或る画家は、自分の娘さんをモデルにして裸婦を描いていた。要はものの見方がはっきりしていれば、それで見事なのだ。

五十歳からの人間関係

私が自分の顔を初めて見た、五十歳の時のことに話を戻さねばならない。

それ以前の一年ほどの間、私は半分盲人の暮らしをしていた。中心性網膜炎の後に起きた若年性後極白内障のために執拗な三重視が起きていて、眼に見える世界はどんどん暗くなっていた。

お皿の上の食べ物もよく見えない。バスの行き先も飛行場のゲートのナンバーも読めないからいちいち人に聞いていた。烈《はげ》しい頭痛のために読み書きは全くできなくなっていて、私は小説を書き続けられなくなった場合、鍼灸師になる道を考え始めていた。幸いなことに私には生まれつき按摩《あんま》や鍼《はり》に才能があったので、数年前から続いていた頭痛を取るためにも、自分で鍼を打つようになっていた。前途には職だってある、と思いたかったが、書く生活を諦める決心はなかなかつかなかった。

五十歳を目前にして私は手術を受け、突然、生まれてこの方持ったことのないほどの視力を得た。生まれつきの強度近視について廻るという手術中の硝子体《しょうしたい》ヘルニアも起こさず、視神経の集まる黄斑部にも奇蹟的に病変がなかった。それが私が視力を取り戻した幸運の実態だった。

手術後、幼稚園の時から、一緒に育った私の親友は私の顔の上に眼鏡がない、という単純な事実を一番不思議がって、「あなたじゃないみたい」と言った。

溢れるほどの感謝と喜びがなかったわけではない。しかし同時に私を憂うつにしたのは、初めて見る自分の顔であった。私は生まれて初めて自分の素顔の細部を、ゆっくりと鏡の中で眺めた。

その時、私は既に五十歳を過ぎていた。最近では、五十でも六十でもなお美しい人が時にはいるものだが、普通の五十歳はもう若さとは永遠に決別した年であった。しわも目立ち、肌には染みがあり、顔の輪郭は崩れて当然な年である。しかも視力障害がひどくなった数カ月の間に、私はやはり心理的に大きな衝撃を受けていたらしく、急に白髪になっていた。久しぶりに会った友人に「あなた、どうしたの?!」と言われるほど面変わりしていたらしい。私は周囲に対して少しでも元気そうな顔をしなければならない義務を感じてその時髪を染めたのだが、それは後に長く残る後悔の種になった。

私の前半生はどんな顔をしていたのだろう、と私は考えた。写真は少しあるが、鏡の中で表情に動きのある自分にはまだ一度もまともに出会ったことがない。私は自分の鏡台というものさえ持っていなかった。一応結婚もしたし、私の家庭も嫁入り道具の鏡台くらいは買ってくれることができたと思うのだが、私が要らないと言ったのである。私は洗面所の鏡の前で手さぐりでファウンデーションを塗り、拡大鏡の前で口紅を少しさしてそれで終わりだった。

後年私にでも、会う人の中には「お若い時には……」とお世辞めいたことを言う人もあった。しかし私はとにかく自分の若い時代をまともに見たことがないのだから挨拶のしようがなかった。私が肉眼ではっきりと会った時の自分は、おもしろいことに既に五十歳であった。

社会的な情況もある。私の若い時、今のようなきれいな写真を撮ってもらう機会はそんなに多くはなかった。カメラの機能も悪いし、私は写真嫌いだった。大学を卒業する時には、房のついた角帽《キャップ》を被り黒い寛衣《ガウン》を着る。大学で借りるのだが、ほとんどの人がキャップ&ガウン姿の卒業記念の写真を残しているのに、私はその時の写真もない。

自分の人生の前半の顔が欠落しているということは、考えてみれば気楽なことかもしれなかった。中には美貌に輝く若さを自分の存在そのものとして記憶している人もいるのだろうが、私は中年から人生をスタートしたのだ。

顔がない人生の前半は物語るものも極めて少ない。その結果私が感じていたのは、自分とさえ対面したこともない私には、他人との人間関係などというものもわかっていたはずはない、という単純なことだった。

第二話　噂話と正義はなぜ迷惑か

一市民であることの幸福

困ったことに、と言ってしまうのは軽薄なのだが、人間関係ほど恐ろしく、同時に魅力的なものはない。どちらがほんとうなのか、と聞かれると、私は返事に困る。

世間には人間嫌いと自らも自分を位置づける人がいて、その程度はさまざまだ。何となく、人との関係がいつもぎこちないという程度で一生済んでいく人もいるし、徹底して部屋の中や森の奥に引っ込んで、外との関係を極端に避ける人もいる。純粋に好みの問題だけで言えば、私は後者に傾く性向がなくはない。

とにかく、関係なくしていれば、相手に危害やら被害を与えなくて済む。私は一生に数人、それとなく付き合いを断った人がいたが、その人たちは、決して悪人ではなかった。ただ会話を交わすと、私が言ったことを平気で間違って、と言うより、むしろ正反対の意味に書く人だったから恐れをなしたのである。それは純粋に聴力が悪かったのか、それとも日本語の理解力に問題のある人だったのか、私のしゃべり方が悪かったのか、いずれかだ。

わからないことは考えなくていいのである。そう思いついた時、それは中年のどの時期からそうなったのか、私には覚えがないが、これが私の救いであった。最初からそう思えたわけではないが、次第次第にそう思うようになった、という方が正しいだろう。

私は学者でもなければ、政治家でもない。総理大臣だったら、原発が津波で機能を破壊されれば、その後の処置に対して即断をしなければならないところだが、一市民なら幸福なことに、そんな重要な決定をくだす必要はないのだ。

そうしたことがどれほど人間として必要で、ささやかながら折り目正しく、かつ偉大な幸福の理由か、世間はあまり自覚していない。迷う時間、わからないという判断を人として許されているということは端正な自由である。その素晴らしさを、とことんわかってもいいと思うのだが。

そういうわけで、私の言葉を理解してくれない耳の悪そうな人に出会ったら、私は自然に遠のくことにしたのだ。それにもしかすると、同じ人間で、同じ日本語という言語を喋る相手でも、通じない、という奇妙な現象はあるのかもしれないのだから。

距離というものは、どれほど偉大な意味を持つことか。離れていさえすれば、私たちは大抵のことから深く傷つけられることはない。これは手品師の手品みたいに素晴らしい解決策だ。そしてまた私たちには、いや、少なくとも私には、遠ざかって離れていれば、年月と共に、その人のことはよく思われてくるという錯覚の増殖がある。不思議なことだ。離れて没交渉でいるのに、どんどんその人に対する憎悪が増えてくる、ということだけはまだ体験したことがない。

相手を陥れる気分の変形

中年以後、私の心理的な特徴の一つは、この世で、何がいいことで何が悪いことか、ますますわからなくなって来たことだ。

趣味は歴然として残っている。私は原則として甘いものを食べない。餡《あん》こやチョコレートの評論家ではない。私はしかし塩が切れると、体が不調になる。塩の禁断症状というものは確かにあると自分では思っている。

甘いものが好きか、塩味を欲するか、ということは、道徳とは全く関係ない。近年の私は好みはあるが、殺人、放火、詐欺などあきらかなもの以外は、社会にとって決定的な悪人善人というものの定義もわからなくなっている。

人間関係を成り立たせる上で、しかし極端に迷惑なものが二つある、と私は思っている。

その第一のものが噂である。しかし人間は、いやことに女性は心底、噂が好きだ。噂は、八、九十パーセントが間違いだ。間違ったことを元に、人は何かを喋っている。噂が、無味無臭というものもたまにはある。孫が生まれた、息子が転勤になった、震災で壊れた屋根の修復がやっと終わった、というたぐいのものである。

私の好きなのは、共通の知人の意味のない失敗談である。近眼なので全く知らない人に親しげにお辞儀した、とか、左右違った靴を平気で履いて出て帰るまで気がつかなかった、という手の「武雄伝」はそれに該当する。

しかしたいていの噂話は、その底に相手の不幸を望む要素が含まれている。相手の家庭の不幸、相手の心に潜む闇の部分。要素はさまざまあるが、噂は相手を陥れたい気分の変形であることが多い。

実は相手を蔑視、劣等視することで、わずかながら自分に自信をつけたり、幸福を味わったりする心理の操作は、どこにでもあるものである。

インドの不可触民は、日本人から見たら、社会的に圧迫された気の毒な境涯を生きているように映る。私は偶然、インドの不可触民の子供たちの学校建設にかかわったことがあって、その時、彼らの生活を覗かせてもらえたのである。

ヒンドゥ語では、彼らのことを「ダーリット」と言うのだが、彼らは、彼らより上級カースト（階級）との普通の交際はできない。イエズス会の神父たちの要請で建ったダーリットの子供たちの小学校には、イスラム教徒は別として、ヒンドゥでダーリットより一つでも上級のカーストの人たちは、自分の子供を決して入れないのである。

インド社会は、政治的には平等を装っているから、ダーリットから閣僚も出ている。諸外国から国賓がくれば、ダーリット出身の閣僚も、西欧式に平等に席次に従ってテーブルに就いて歓迎の晩餐会をするのだという。しかしそうした国家的行事が終わると、階級の違う人たちは、決して個人的には付き合ったり、同じテーブルで食事をしたりはしないという。

昔はダーリットの人たちは、道を歩く時に壺を持っていた。自分たちより上級カーストの土地を歩きながら唾を吐いて、彼らの土地に汚れ《けが》れを落とすといけないので、痰や唾はその壺に吐いていたのだという。私たち日本人は「そうですね。地面に唾や痰を吐いたら衛生的ではありませんから、壺に吐いた方がいいですね」というが、そういう意味ではないのである。つまり上級カーストは、ダーリットを汚れを持つ存在だと見ていて、上級カーストの土地を汚すな、ということだったのだ。

私たちがダーリットの家庭に招かれ、親しくもてなされる時には、必ず一つの儀式がある。灯された火皿を置いたお盆の上に、キャンデーとかバナナとかビスケットとか小さな香料の袋とかがおいてある。私たちはその小さな燃える火を頭の上で回される。清められるのか祝福を受ける意味なのかよくわからない。その後で、お盆の上の食べ物を一つ食べる。ただ受け取っておくのではいけない。その場で口にするのである。

こうした儀式の空気はいつも和やかだが、これは一つの踏み絵である。つまりヒンドゥ社会の外部の人が、ダーリットに嫌悪感を抱いていれば、決して彼らの手にふれたもの、同じ食料を口にしないからだ。私たちがそこでバナナでもビスケットでもおいしそうに食べれば、その時私たちはダーリットに偏見を抱いていないか、彼らと同じ社会に生きることに同意している、と見なされるのである。

私たちにとって階級制度とは、愚かな偏見というか、場合によっては、自分が所属している階級でしか自分の存在意義を証明できない人たちの「自信のなさ」の表れだというふうに受け取るのだが、驚いたことにダーリットたちの多くも、この自分たちを卑しめる階級制度を、必要としているように見える。

ダーリットにも、上級ダーリットと下級ダーリットがあるということを私はごく最近になって知った。どういう人が上級で、誰が下級なのかと聞くと、上半身を立てている職業に就いている人が上級で、身を屈《かが》める職業が下級だという。力車を漕ぐような人は身を立てているから、上級である。それに対して床の上にしゃがんで箒で塵を掃く掃除人や、身を屈めて土をいじる農業従事者は下級ダーリットである。

インドのカースト制度が決してお互いの境界線を超えないことを、私は二十三歳の時に教えられた。私はニューデリーの日本人の家でコーヒーをご馳走になった時、茶碗をひっくり返した。コーヒーは、ぜいたくなカシミア絨毯《じゅうたん》の上にこぼれたので、私はすっかり慌て、恐縮し、「奥さま、雑巾《ぞうきん》を拝借させてください」と言った。

するとその家の夫人は、

「どうぞ、そのまま。今使用人に拭かせますから」

と私を制した。私がその命令にけおされてじっとしていると、夫人は手を鳴らして「ベアラー！」と誰かを呼んだ。

ベアラーというのは、インドやパキスタンなどで「従僕《じゅうぼく》」のことである。姿勢のいい男が恭《うやうや》しい態度で現れ、私はその男が絨毯を拭くのだろう、と思って見ていたが、彼は手を叩いて別の男を呼んだ。すると今度はもうすこし卑屈な感じの男がやって来て、無言で雑巾で絨毯を拭いたのである。最初のベアラーはそれなりに一種の身分のある人だから、決して床にしゃがみこむような仕事をしない。彼は下賤な仕事をする労働者たちの命令者なのであった。

インドの仕事をするようになってから私は、ダーリット自体に上下があるだけでなく、ダーリットよりさらに下の階級があることも知った。ダーリットはそれなりに、ヒンドゥ社会の最下位にぶら下がっている。最下位でも彼らはヒンドゥ社会の正会員なのだ。

しかしその下の地位にいる人たちというのは、ヒンドゥ信仰の外にいる人たちである。森に住む牛飼い、ロマ、昔労働力として強制的に「輸入された」アフリカ奴隷の子孫たちなどで、いわば完全にヒンドゥ社会から除《の》け者にされた人々である。

ダーリットのお母さんたちが森の間の空き地に集まって、私たちにダンスを見せてくれたことがあった。一種の演芸大会である。その時、ロマのグループが現れると、母親たちの間から、はっきりと侮蔑の声が上がった。日本人なら、心で差別していても、そういう場合露骨な侮蔑など示しはしない。しかし彼らはそうではなかった。

そして私は自分の解釈が間違いではないかと思って、そこにいたインド人のカトリックに聞いたのだが、ダーリットの母親たちは、自分たちよりさらに下の階層が参加したことに、明らかに嫌悪を示したのである。しかしそれは同時に、自分より下がいるということへの安心でもあった。

インドのカースト制度ほどではなくても、未だに出自、住む家の場所、持ち家・借り家の差、職業・学歴などで相手を判断する人がいる。それは一種の噂と同じで、その人の趣味を推測するには役に立つ時もあるが、その人自身の能力を理解するには、何の足しにもならない。しかしそれでもこうした噂話的情熱は止まない。

もし世間が、ことに女性たちが、噂話というものをやめれば、日常生活の不和はほとんどなくなるだろう。自分が見たことだけ信じていればいいのだ。しかし自分が直接耳で聞いたことでも間違える人がいる。その危険を思うと、とにかく他人の話はしない、書かない、のが一番いいのだ。だから私は歴史小説は書きたいが、伝記小説というものは、信じられないから書かないし読めない。当人が生きていたら、これはでたらめです、と言うにちがいないと思うからだ。

私は極端に気が利かない人間になっていた。誰かが入院したと聞こえてくると、自分が見舞いに行くだけでなく、病人の知人たちに電話をかけまくって、「あの人、入院したらしいの。私も見舞いに行くけど、あなたも行って上げたら」などと言う人もいるが、私は全くその逆である。病気になった時、病人にはしみじみ会いたい人もいるだろうが、めんどうくさくて会いたくない人もいるに違いない。だから病人自身が会いたい人には知らせるだろう、と思うから、私自身は気の利かない人を決め込むことにしたのである。

正義を売りものにする姿勢

噂と同じ程度に私の心に警告を発するのは、最近はやりの「正義を売りものにする」姿勢だ。或る日、テレビを見ていたら、「徹底して権力に抗う」のがその番組の姿勢だとうたっているものがあった。こういう硬直した姿勢も、私の心に警鐘を鳴らす。

これが最近流行の「正義風《かぜ》」というものである。つまり権力と同じ意見ならそれはすなわち視聴者が愚昧《ぐまい》である証拠だ、という侮蔑を示すことなのである。

しかし私にいわせれば、権力を握った人たちは、有権者の支持を得た人たちなのだ。日本の議会政治、選挙制度を支持するなら、権力者は正当に国民から認められた国の代表だということになる。ただ選良という言葉を使うのにためらいが出るほど、最近では問題のある代議士が多いこともほんとうである。それでも議会政治自体を拒否することは、私にはできない。

「反権力」という言葉が、最近一種のポピュラリティ（大衆性、通俗性）を持って喝采を受けるようになってから、人間の複雑性を認めるためらいや疑いが極度に少なくなった。つまり陰影がなくなり、人を見る眼が幼児化したのである。

大多数の人は、思想的に右でもなく左でもない。言い換えれば時には権力に付き、時には反体制である。外界から情報を取り入れればそうなるのが自然だ。また人間は、善人と悪人の要素を少しずつ持ち、物欲と精神性の間をたゆたっている。正義を欲してはいるが、自分の都合がそれを許さないこともある。

つまり「反権力」と決めたら、そのテレビ番組は一つの固定した思想の宣伝をすることになり、自由なニュースではなく、思想的宣伝になるほかはない。こんな単純な論理はないのに、そのことに気がつかないオピニオン・リーダーもいるのだ。

「反権力」は、正義か、そうでないか、で人を分けるやり方を取っている。しかしアラブの諺《ことわざ》はおもしろいことを言っている。

「正義はよいものだ。しかし誰も家庭ではそれを望まない」

この方がずっと大人の考え方だ。

ここには二つだけ、人間が自由に自分以外の他人を知ることを妨げる要素を述べた。噂と「とにかく反権力」主義である。

これは困難のほんの入り口だ。私は噂話も日常極力避ける。正義面もしたくない。恐怖から人との接触を恐れつつ、それでも私が望み続けたのは、人を知ることだったのだから、現世は矛盾そのものなのである。

第三話　倫理観は情況によって現われる

市民的意識と狩猟民意識

　他人との関係を楽しんだり、苦しんだりする以上、望ましい状態を期待する自分というものが、きちんとあるはずである。そう、私は長い間思い込んで来た。自分に関する他者からの評価――私の倫理観が他人と比べてどの程度なのか、とか、私の語学力はどの程度使いものになるのか、などということ――は、実はなかなか判断がつかない。語学力など、私が八百屋のおばさんとして暮らすなら、カタコトで充分だろうし、倫理観が外部にあらわれるには、必ず「情況」が要るからである。

　東日本大震災のような変事を現場で体験すれば、そこで人間はあからさまな自分をさらけ出さざるを得ないのだろうけれど、運よく（というか運悪くと言うべきか）災難に遇《あ》わなかった人間は、汚濁や混乱の場から遠く離れて、どんなにでもおきれいごとを言っていられるのである。

自分は人に優しいから、今手にしているお握りの半分は、常に人に分けてやれるだろう、と言い切れる人は勇気がある。戦争中の厳しい食料難、貧困の中では、普通の人間は、自分の持っているお握りは決して他人に取られないように隠して食べたのである。

どこかで読んだ話だし、私の記憶にも薄れかかっている点があるのだが、東北の津波の襲来直前、高台に避難しようとしていた一台の自動車が渋滞に遭って動きが取れなくなっていた。そこに顔見知りの二人の老人が近寄って助けを求めた。遠くてとても高台まで歩けないから何とかして乗せてくれ、と言うのである。多分車はご主人が運転し、中年の奥さんも乗っていたのだろう。ほかにも家族が乗っていたから、二人が乗ると定員をオーバーすることになったらしい。奥さんは優しい人だったから、老人二人に席を明け渡し「自分は歩きます」と言って車を出た。

後で考えれば津波は迫っていたのだが、当事者は誰も正確にその情況を知らない。何とかして渋滞を脱《ぬ》ければ高台に辿り着けるだろう、と皆思っていたのである。二人の老人が乗り込んだ車は何とか安全地帯に辿り着けたようだが、席を譲って徒歩で避難しようとしていた奥さんは、そのまま波にのまれてついに帰らなかった。家族の痛恨はどれほど深かっただろう。また二人の老人も、ぼけて判断力を失っていなければ、どんなに後で苦しんだことだろう。

この誰の悪意でもない、むしろ善意だけで成り立った出来事がもたらした悲劇というものは、当事者がよほど冷静に分析的であるか、信仰のようなものを持たない限り、解決の方法もなく、ただ時間の経過に癒しを委ねるほかはないような気がする。

ただここでも、私は、日本の教育にいささかの不満を述べておきたいのだ。「規則」「安全基準」「定員」などというものは一応の目安であって、非常事態にあっては、さっさと無視してかまわないものだ、という教育が日本にはなかったのである。

規則だけを守ればいいとする精神は、究極のところで人間の命を守らない。定員遵守ということは、自動車の運行安全上の目安である。体重八十キロの人でも、定員の一人だ。それは痩せた四十キロのお婆さんなら二人分に相当するということを知っていれば、別に奥さんが一人降りなくても、二人のお婆さんを詰め込むことは簡単なことだったのだ。というより、こういう緊急避難を必要とされる場合には、車が現実問題として動かなくなるまで人を詰め込んでもよかったことなのだ。

日本人の思考には、あまりにも規則重視の倫理観が重く根付き過ぎていることに、私は愕然《がくぜん》としたのである。

私自身は年をとるにつれて、次第にいい加減な暮らしをするようになってしまった。多分、途上国と付き合い過ぎたので、ルールを重んじる先進国型の意識に従うより、自分で自分の身を守らねばならない途上国の実力主義の流儀の方が役に立つことを学んだからだろう、と思う。だから始終どこかでささやかな規則破りをしても、つまり自分と他人を生かせればそれでいい、と思うようになったのだ。

これは一種の思い上がりなのだと自覚してはいるのだが、規則破りをすることも実はそれほど簡単ではない。それなりに規則遵守の市民的意識と、森や荒野で暮らす狩猟民の意識とは、別々に訓練を続けていないと、うまく機能しないのである。

自分の意識下に唖然とする

自分にしか自分の内心はわからない、というのが私のそれまでの確信であった。いや、私は実は「確信」というものだけは持たないようにしていたので、「確信に近いものだった」という方が正しいだろう。

しかしごく最近私は、この自信さえ失うようなばかばかしい体験をした。

二〇一一年の五月末から六月の上旬にかけて、私はマダガスカルのアンツィラベにいた。私個人としては四度目のアンツィラベ訪問である。観光地ともいえないこんな田舎町に何を好んで四度も行ったのか、と自分でも思っているが、今までの訪問は私が働いていた海外邦人宣教者活動援助後援会（ＪＯＭＡＳ）という組織がお金を出している学校の建物などが完成したことを確認に行っていたのである。

しかし今度の訪問の目的は、学校ではなかった。それまで医療を受けるお金も機会もないままに放置されていた広大な無医村地域の貧しい子供たちに、口唇《こうしん》口蓋裂《こうがいれつ》の手術をしてもらうプロジェクトを昭和大学のドクターたちが組んでくれ、ＪＯＭＡＳがその資金の一部を出すことになったからである。私はいつものように、その仕事の後方支援と終了の確認をしに行ったのである。

私はドクターたちの仕事を支えるために、私を含めた三人で奴隷部隊《スレーヴ・ユニット》を作ることにした。私自身は一・二トンに及んだ医薬品の輸送の手筈の工作のために働いただけで、正確に言うと、現場でほんとうに労働をしてくれたのは、私以外の男女一人ずつの二人であった。

彼らは手術前の不潔な子供たちの体全体を洗い、磨いたこともない歯を磨かせ、手指をきれいにして、せめて少しでも術後の傷口からの感染症を防ぐようにしてくれたのである。もちろんその他にも、この奴隷たちは忙しかった。宿泊施設になっている修道院の部屋の落ちかかった棚を直し、壊れた便座をどうにか座れるようにし、ドクターたちの健康を保つため食材の買い出しに行き、日本式カレーライスを作るためにタマネギの皮を剝くなどあらゆる雑用をしてくれた。

この奴隷たちは、旅費も宿泊費も自分持ちのボランティアという一種の「富豪奴隷」なのだが、実は「神の奴隷（ドウロス・テウウ）」という神学的な思想からすれば、神の命ずるままにどのような手を汚す仕事もするという最高の栄誉を担っていたのだが……現実としては私は二人をこき使ったことになる。

私が労働の面で一番役に立たない奴隷だということを示す事件は、現場に着いた日に起きた。私は五年前の足首の骨折以来、足の機能がかなり落ちているのだが、修道院の馴れない構造の手すりもない階段を四段ほど転落したのである。

その時、私の傍には二人の奴隷たちがいたが、そのうちの一人は私が多分死んだと思ったという。シスターたちが丹精していたゼラニュームの植えられていた鉢を私ははずみで落とし、その割れる音が、私の頭蓋骨が割れた音に聞こえたからだった。

私は今まで臆病な人生を過ごして来た。映画のシーンで見たように、強盗に後から頭を殴られたこともなかったし、交通事故に遭って車にはね飛ばされたこともなかった。子供の時から丈夫で、式の最中に脳貧血で倒れたこともなかった。

私は階段から落ちて、数十秒か一分か記憶を失くしたらしいのだが、落下する意識のある最後の瞬間不安でもなく怖くもなくむしろ温かい明るさの中にいた。その後でしばらくして何人かが私に何かを言ってくれたが、それが誰か今でもよくわからない。さらにその後で、ドクターの一人が瘤《こぶ》のできた私の頭を触ってくれたことと、その人たちが私を運ぼうとしたので私は起き上がり、こんな大柄な人間を運ぶなんてどうかしている、私は自分で歩けるんだから、と思ったのを契機に、時間がきちんと連続して流れ出したように思う。

その場にいた仲間の奴隷二人は、私が意識のない間に喋った言葉を記憶していて、それは私を驚嘆させた。私は全く自分とは思えないことを口にしていたのである。

一つは、私が「すみません。植木鉢を壊して……後で弁償します」と言い、多分誰かがそれをマダガスカル人のシスターに通訳してくれたのだろう、シスターは「ノウ、ノウ、ノウ、ノウ」と言ったという。その後で、私は多分まだその時は倒れたまま起き上がらないでいたらしいのだが、「星がきれいねえ」と言ったというのだ。

こういう場合、意識下のものが出て来るというが、私は改めてこれが私の意識下かと思うといやになった。私は殊勝なところがないから、冷静に意識を取り返した後なら、この二つは決して言わない言葉だった。

私は壊した植木鉢を弁償しようとは思わない。私は自分が花をよく植えるから素焼きの鉢など安いものだと知っている。マダガスカルの修道院は貧しく暮らしているから、確かに植木鉢一つでも予算の中から工面して買っているだろうが、私は修道院に滞在費を払う時、規定より多く寄付をして帰るつもりだったから、自分の過失で植木鉢の一つくらい割っても、弁償しますなどと言うつもりはないのである。

ほんとうにその夜も、星は胸をうつほど澄んでいた。かつて私はマダガスカルを舞台にした『時の止まった赤ん坊』という作品の中で、一生俗世とは関係を絶って、完全な沈黙と祈りの中で暮らすクララ会という観想修道会の黒い森に、光の帯となった天の川が突き刺さるように落ちているさまを書いたことがある。無数の未熟児が、ほんの数時間、現世の空気を辛うじて吸っただけで死んで行き、親たちがその子を悼《いた》んで声を挙げて泣くでもない控えめな重い人生とは別に、ここでは天の川が、信じ難い壮麗さで夜毎に人々の暮らしを覆うのであった。

それを知っているだけに、私は正気を失っていなければ、決して「星がきれいねえ」などという冒瀆《ぼうとく》的な美辞麗句を口にしない。するわけがない。人間は、これだけ壮大な輝きを見せる星の下に立つ時、ただ沈黙するだけなのである。

これが私の意識下かと思うと、私は唖然とした。仲間の二人の奴隷たちは、私の内面を覗いたと感じているらしく喜んでいるし、私は渋い顔をしている。

交感神経優位型の生きざま

私は二十代の半ばから、ずっと不眠症だった。自分が勝手に行く音楽会や演劇の最中にはこっそりと眠ることはあったが、一応の公的な責任を持つ会議中に居眠りをしたことはまだ一度もない。ある時まで私は、会議中に眠る人を、老化が進んでいるせいだと思い込んでいた。会議で眠るようになったら、委員を辞職すればいいのに、と思っていたのである。

最近私はそれが、人間の単純な生理の結果、性癖に近いものだということがよくわかるようになった。自律神経の中で、私は交感神経が常に優位に働いてしまう癖があるらしい。だから脈がいつも早くて、最近では息苦しさを感じて不自由する時もある。

甘いものをほとんど食べず、塩辛いものばかり好きなのだが、血圧も何の薬も飲まずに一応平常ラインを保っている。高血糖でもない。ただこの脈の早いのを直す心臓の薬を飲むと、必ず眼の角膜が乾いて潰瘍を起こして痛む。性格の偏りが薬で直るわけがない、と自分なりの言い訳を作って薬も続かない。眼の痛いのは一番直接的な苦痛だし、私は子供の時から強度の近視で苦労して来たから、視力を失うのを何より恐れていて、この薬を拒否しかけている。

俗に副交感神経が充分に働く人が、おおらかで安らかな健康と長寿を約束されているというのに対して、私のような交感神経優位型の生きざまは「人間が小さく、生き急いで」いる針鼠《はりねずみ》のような小心さを感じさせて、どう考えても、あまり感じがよくない、と思う。しかし私にとって、副交感神経が健全に働いて、毎食後居眠りをするような平穏な心理を手に入れ、その結果としての長寿を得たとしても、それは必ずしも私らしい時間を生きる人生にはならないような気もする。

マダガスカルでは、ドクターたちは十二日間に三十二人の口唇口蓋裂の患者に手術をして、全員が良好な結果を得た。

子供の手術は、どんな軽いものでも全身麻酔が必要になる。そのためにちょっとした冷蔵庫くらいの大きさのある麻酔器を、私たちと同じ飛行機に積んで運ぶ手筈に、私は結構心を費やしたのである。マダガスカルの産院で今まで行われていたのは帝王切開までだから、これまでは腰椎麻酔で済んでいた。本格的な麻酔の設備はないと見なければならなかったのである。

既にある旧式の機械も壊れているとか、酸素が繋がれていないとか、さまざまな情報があって、結局私たちは他人を信用せず、自己完結型ですべての必要機材を自分で持っていくべきだ、という途上国支援の基本形に戻ったのである。それが一・二トンの荷物をマダガスカルまで動かす作戦を取らざるを得なくなった理由である。

すべての人に適用されるのかどうかわからないが、普段おとなしい、ききわけのいい子供ほど、麻酔がさめる時に暴れる、という話など聞かされると、私は改めて生涯、全身麻酔にだけはかかるのは止めようと思うようになった。

私は恐らく覚め際にも暴れないだろう、などと自分を美化して考えてもいる。普段から密かに心理的に暴れているし、世間にも陰険に反抗しているから、既に心理の抑圧などゼロに近くなっているはずだ、と思うのである。それにこういう話はもしかするとドクターたちが、ビールをいっぱい飲んだ後の素人脅しの話かと疑いもしたのである。

しかし今度の転落事故は、一体自分の本性とはどういうものなのだろう、と疑う機会を与えてくれた。

真実だったのは、マダガスカルの夜空が息を呑むほどみごとだったということだ。しかしそんなことは一人で感動すればいいのであって、その思いを人と分け合う必要があるとは思えない。

そんな役にも立たないことを私が考えているうちに、外科医たちは確実に三十二人の人生を救って、マダガスカルを後にしたのである。「来年また来るから」と約束して……。

第四話　心は過不足なくは伝わらない

他人が記憶する私の不思議

私の心の中には、幼い時から、自分には相手の気持がわからない、自分の心はうまく相手に伝わらない、という思いが深かった。穏やかな両親の元でのびのびと育つという環境になかったので、私はいつも心理的に針鼠みたいな暮らしをしていたのである。

人間（自分）の心の伝達は、ほとんど不可能に近いことだから、やはり小説を書こうと思ったのかもしれない。これは隻脚《せっきゃく》の人が山へ登るのに似た、一種の挑戦のつもりだったようにも思う。

小説の中で、作家は自分の心の中を書く、というのもほんとうだが、実は思った通りを書けば伝わるとは信じていないような気もする。だから書きたいことの本質を一旦取り出すと、それをもっとも効果的に表せる状況を再構築してその中においてやる。私の場合、ほとんど現実のままのストーリーを書くということはない。女優さんでも、素顔ではその人とわからないことがあるという。きれいにお化粧をして、第二の自分を作ってこそ、伝説的な美人も出現するのだから、小説も創作するのである。

私がかねがね密かに思っている不思議がある。それは他人の記憶する私の言葉というものは、ほとんど私が決して言わないことばかりだ、ということだ。

どこでこんなに違って来てしまったのだろう。思うに、多くのことは、私の言葉ではなく、記憶した人の自分の思いなのだろう、ということだ。私の表現や喋り方が下手だから、間違って受けとられることもあるのだろうが、相手が「あの時、あなたはこう言ったのをよく覚えています」という私の言葉なるものは、私の考えとも美意識ともほとんど異なるものばかりなのである。つまりそんなことは言うはずはないのだがなあ、言うならもっと見場の悪いことのはずだがなあ、と思いながら聞いている。

そして私は最近、それを訂正もしなくなった。しかしこんなにも不正確に私の性格が伝わっているのは、どうしてなのかなあ、という疑問煩悶反省もまだ消えてはいない。

しかし考えてみれば、他人は自分を正確に理解してくれるだろう、などといい年をして思うことこそ、甘いのかもしれない。むしろ他人には自分をわかるわけはないのだ、という覚悟か自負のようなものがある方が無難なのだろう、とこのごろ思うようになった。

利害関係しか論じない幼稚さ

たまたまこの原稿を書き始めた二〇一一年八月五日朝の毎日新聞には、三個所も私の心に残る記事があった。新聞記事を切り取っておくことは、ITを使いこなせていない私の、未だに残っている素朴な仕事である。鋏《はさみ》が見つからない時には、そのページを仕方なく急いで「ひっちゃぶいて」おく。そうでないと、私は大切だと思う資料ほど、よくなくす癖がある。

第一の記事は、九州電力が二〇〇九年、福岡市の博多座で公演されたミュージカル、「ミス・サイゴン」の観劇券二枚を、伊藤祐一郎鹿児島県知事に贈り、知事夫妻はそれで観劇した。当時九州電力は、川内《せんだい》原発の3号機増設計画をもっており、動き出した時であった。九州電力は博多座の株主で、公演の協賛企業であった。

知事がこのミュージカルに関心を持っていることを示したので、九州電力は当時の本店総務部が所有している観劇券二枚を取り寄せて知事に贈った。この切符の値段は最高のA席なら一枚一万六千円であった。

これが、新聞記事になるようなことだろうか、と私は思った。知事夫妻がミュージカルに興味を示すこともある。九州電力が博多座の株主なら、当然何枚かの招待券を配当の一種として受け取っているはずだ。それを社員が勝手に使ったり売ったりしていれば問題かもしれないが、身近で興味を持つ人にあげても、どうということはないだろう。むしろ私などは、せっかくの公演に空席があってはいけないから、自分が行けない場合の演劇の切符は、責任を持って必ず誰かに行ってもらうようにしている。

もちろん一万六千円の切符二枚、三万二千円を払える家庭は少ないかもしれない。しかしこういう場合、政治家はむしろ招待を受け、祝福の意味を込めて激励の観劇に行ってもいいのだ。それをすぐ少し前に生じた九州電力の「やらせメール問題」とからめて、原発増設を認可してもらうための一種のワイロだといわんばかりの解釈をし、それを政治家の堕落というふうに報道するのは、新聞の紙面を作る人の心情の程度を示しているとも思えるのである。

僅かな恩恵を与えれば相手がいいなりになり、相手の望みを断れば報復されると考えるのは、あまりにも画一的な幼稚な考え方だと私は思う。

私は以前財団に勤めていた時、現職の、当時の大蔵大臣の選挙区からの申請を断ったことがあった。ただしはっきりした理由があったからで、それは大臣の事務所によくご説明するように、とは言った。しかし世間には「現職の大蔵大臣からの話を断る人などいない」と説教をしてくれる人もいたのである。現実には、大臣は世間が思うような根性の狭い人ではなかった。次に何かの会合で会った時、大臣は私と穏やかに談笑してくれ、少しのわだかまりも見せなかった。

誰でも楽しいミュージカルを見て、一時、人生の別の面を考えたい。政治家や官僚だって同じである。僅か三万円ちょっとのことで、心を売る政治家は一人もいないと私は断言しないが、逆に言うとそんな人ばかりでもあるまい。

私は気が小さいので、後々こういうばかな記事を書かれる面倒を避けるために、利害関係を生じる相手からは何ももらわないかもしれないが、ほんとうはそんなけちなことを言わなくておおらかに振る舞っていいのである。つまり株主用のミュージカルの切符くらいもらっておいて、その後に起きる本質的なことは、筋が通らなければ断じて断ればいいだけの話だ。だれも知事をどうにもできない。

こういう新聞記事を見ると、読者もこの程度に人間が小さくなり、本質を見失っているのか、それともこれは、最近の正義感だけを売り物にしている読者にいささかおもねった新聞社の点稼ぎかわからないが、何という人の心のわからない幼稚な社会になったものだ、と私は思うのである。

二つ目の記事も、やはり知事が嚙んでいる。しかも大分前（二〇〇七年から二〇〇八年にかけて）の話である。「大村秀章・愛知県知事が自民党衆院議員時代に支部長を務めていた政党支部『自民党愛知県第13選挙区支部』（解散）が、暴力団と密接な関係があるとして同県の入札参加から除外された豊橋市の人材派遣会社から」計二十四万円の献金を受け取っていたという話である。

この人材派遣会社は、二〇一〇年四月に、豊橋市が防犯のために夜間パトロールする防犯事業の入札に参加し、落札した。しかしこの会社の取締役の弟が組員で、会社の社員と暴力団員とがいっしょになって詐欺事件を起こしたり、会社の従業員寮に一時組員を入居させたりしていたという。

入札というのは公開されているものだから、一番安い値段で落札したところに仕事は行くのだろうが、その間の内情を、知事側が二十四万円の献金をもらった見返りに内通したというような疑念があったのだろうか。

県と豊橋市は、「暴力団または暴力団員等と社会的に非難されるべき関係を有している」と見なされるこの会社に、三カ月間の入札排除措置を実施した、という。

これはこれでいい。暴力団にお金が行くような流れは些細なものでも断った方がいい。しかしここにも僅かなお金で人の心が動くものだとする、単純すぎる暗黙の理解がマスコミにあるのがおもしろい。二年間に二十四万円を知事に献金して、一体この会社はいくらで仕事を落札したのかという基本的な興味が読者としてはあるのだが、その肝心な点に、記事は一向に答えてくれていない。

以上二つとも、典型的な記事になっている点は、すなわち人間というもの、ことに政治的人間は、おしなべて些細な金で操《みさお》を売るに違いない、という先入観で物語が作られていることである。

確かにそういう人も多いだろうが、そうでない人もいる。一切の好意の授受、金品の移動、饗応などを禁じれば世の中はよくなるかと言うと、そうでもない。むしろそういう社会では、人の心がどんどん痩せ細って行くケースが最近ではよく見られるのである。

最近の男性たちは、会社で部下におごらなくなった。給与は少なくローンは残っていて、とてもそんな余裕はない、というのが本音だろうが、会社で決められた時間以外の人間関係がわずらわしくなって来た人が多いのだろう。それに、何のためにおごるのだ、と痛くもない腹を探られる時代になっている。それもめんどうなのだろうが、時代が心身共に貧しくなっているのである。

私など自分が年長だというだけで、できればおごるのが好きだし、うちで質素なご飯を食べていらっしゃい、と誘うのも大好きだ。

割り勘以外の飲食がそれなりに意味があるのは、人間性の端々がもろに出るからである。金を出すと威張る人と、金を出しても威張らない人がまずよく見えるし、もし、

「オレは金を出したんだから、今日だけは威張るぞ」とうまく言える人がいたらそれも魅力だ。そうした人間性の裏側までも見抜く力が、読書に親しんでいた古い世代にはあった。しかし今は全くその力がない。

諦めは有効な解決法

同じ日の新聞は、原爆投下の時、まだ十歳だった一人の老人の回顧を載せている。原爆から数日後、馬屋原勇さん（76）が疎開先から広島の自宅に帰ると、「金目の物が消えていた」。「母親は、行商人に偽物の反物をつかまされた」。馬屋原さんは「誰も信じてはいけない」と子供心に思った。

しかしこの心の荒廃の中で馬屋原さんは間もなく、一人の「先生」に出会う。まだ高等師範学校の学生だった佐々木博さん（82）である。佐々木さんは子供たちを、一種の日曜学校のようなところに集めて遊んだり勉強を見てくれたりした。「空気のように染み込んでくる、不思議な先生」であった。

先生のノートには「少年を疑ふといふ事はいけない。愛情と魂を持って善導しなければ」と書いてあった。先生は昭和二十年八月十五日をもって、日本再建出発の日と考えていた。そして事実その通りに日本人は自らの道を切り開いて行ったのだ。

佐々木先生は、まさに人間としての正道を教えた。ただ私はこれだけではいけないことを間もなく学ぶようになった。これは多分私の特殊事情だろうとは思うが、私は人生の後半になって、日本以外の途上国に仕事で行くようになってから、日本人に欠けているのは、疑うという精神だということをしみじみ覚《さと》るようになった。

他人の家から、金目のものを取る人は悪い人で、私たちはそれを見習うことはない。偽物の反物を売りつける人は詐欺師だったのだが、そうした人たちの心ない行為が、私たち人間の心にさまざまなものを教えて行ってくれた面もある。そう考えるのが、私の姿勢になったのである。

こういうことを言うと、すぐさま反対の投書が来るのが普通だ。無垢な少年を疑うとは何事ですか。どうして佐々木先生のような正しい人の考えを受けいれないのですか、と言うわけだ。それがいつも少しめんどう臭いから、ほんとうはこうした点に触れたくない。

日本の子供は無垢でいられる。しかし貧しい国で生きている子供たちは、それでは済まない。嘘もつくし、脅しもする。万引きもポン引きもする。

子供がそんなことをするとは思わなかった、と言う日本人が多い。それは日本では、飢えているのに今晩のご飯のない子供、雨の日でも犬のように濡れて寝るほかはない子供、親からも社会からも全く心身のシェルターらしいものを作ってもらえなかった子供、というものを、国内に作らなかったからだ。

日本では、子供は一応食べるものと着るものを与えられ、精神的飢餓が完全に満たされることはないにしても、責任のある大人の庇護の元に置かれる。全く野放しの野犬のような子供たちがいるという厳しい前提を考えないからなのである。

こうした子供たちは、子供でも、ほとんど大人と同じ悪を知っている。もちろん彼らはそうなるまでに彼らなりの深い理由を持っている。傷つき、瘢痕《はんこん》を残した心理の中に、回復したいという思いも持っている。その両方の心理の存在を深く見てやらないといけないのは当然だ。

しかし無垢でありすぎる人間もまた、ほんとうの人生はわからないし、生きた社会に尽くすことはできないだろう、と私は思っている。

アフリカの各地で何年も土地の人たちと暮らす日本人のシスターたちは、あまり「彼らを信じている」とか、「彼らはいい子だ」とか簡単には言わない。もしその通りなら、シスターたちはもう、こうした子供たちといっしょにいてやる必要はないからなのかもしれない。しかしシスターたちは、どんなに裏切られても、決して彼らを見捨てない。その土地に危険が迫っても、日本人の宣教者たちのほとんどは、彼らと共にその土地に残る。私が打たれたのは常にその点だった。

命の危険を冒しても、共にいてやるという決意は、一つの誠実の証である。

最初に触れたように、私たちの性格は、社会と接する時、現実とは違って、必ず少しずつ定型化されて解釈される。よく形づくられる場合もあれば、悪意で歪められた姿が、定着することもある。

まず最初に、過不足なく心が伝わる、などということを諦めることだ、と私は思うことが多い。諦めはどんな場合にも有効な解決法だ。自分の命にせよ、不運にせよ、最初から少し諦めていれば、深く絶望したり恨んだりすることもない。絶望したり恨んだりするということは、まだ相手や自分の置かれた状況の改善に、かなり期待していたという証拠なのである。

それでもなお、まだ私が性懲《しょうこ》りもなく、書くという行為によって、何ごとかを伝えようとしているなら、私はまだ希望を失っていないのかもしれない。

しばしば私はごく限られた友達の範囲で、自分の思いがほとんど正確に伝えられたのではないか、と思えた時があった。また私も、その人たちを、かなり深く理解しているのではないか、と自負して考える時もあった。それは多分この世で、そんなには見られないほど貴重な関係なのである。

それを可能にしたのは、私がその人たちを尊敬しながら好きだったからである。恋ではないけれど、好きだった人はたくさんいたのである。

第五話　物心両面の独立こそ最初の資格

金銭関係は友情を傷つける

　野田政権は発足して間もなく在日外国人から政治献金を受けた、という問題を起こした。最近のマスコミは、重箱の隅をつつくようなことをいかにも重大なことのように書き立てるから、これは恰好なスキャンダルと思ったのだろうが、献金を受けたのは二〇〇一年から〇三年までの三年間で、時効になっているという。野田氏も事務所も、相手が民団系の人だということは知らなかった、と言ってこの問題は片づいたように見える。

　政治家とその資金の問題など、私は年に一、二回しか考えたことがないが、これは人間関係の基本に関わる行為として、ほんとうなら根本のところまで突き詰めなければならないことかもしれない。

そもそも商行為、雇用関係にない限り、普通の友人知人の間には金銭の授受はない。多少どちらかにおごられがちになるという程度のことはあっても、本来は金をもらったり、金を借りたりしないのが普通である。多くの場合、それが友情を傷つけて修復不可能になるからである。

金のやり取りがあるということは、そこに必ず、実質的な見返りの期待があるというのが普通の状態である。

元外務大臣・前原氏にも同じようなことがあった。こちらは時効にもなっていず、一部始終が明るみに出たものだから、私は小説を読むような思いで、時々その経緯に眼を通していた。すると献金をしてくれたのは、前原氏一家が昔から食べに行っていた焼肉店の小母《おば》さんで、しかも一年にたった五万円ほどの悪気のない寄付だった、と記憶する。

焼肉店の小母さんにすれば、子供の時から多分怜悧な少年だった前原氏が出世したのが嬉しくてたまらず、喜んでささやかな献金をし続けたのだろう。こういう小母さんが朝鮮半島出身者だからそれを外国人と見なすというのも、どこか冷たく差別的な気がする。人の素朴な行為というものを理解しない、およそ非教育的な裁き方であった。

しかし私がその時一番強く感じたのは、たった五万円ぽっちのお金を、前原氏が今でもその焼肉店の小母さんから受け取り続けていたという事実だった。前原氏はもう四十歳を過ぎた、しかも功成り名遂げた人物である。その場合には、むしろ毎年小母さんに五万円ずつのお小遣いを上げようという気になってもいいくらいの話である。

それなのに、政治家はそれができない。前原氏がこの小母さんに五万円ずつ上げたら、それこそマスコミは、また別の疑惑を投げかけるだろう。

私からみると、政治家とその周辺の感覚というのは、全く不思議なものだ。ラッシュアワーのような人込みに立って、ビール一杯やっとありつけるかどうかというような資金集めのパーティーに参加するのに、二万円ずつ払ったりする。

いやそういう言い方ももの知らずなのだ。そこへ来る人にとって、ビールなんかどうでもいいのであって、もっと別のものを当てにしている。政治家の偉い先生方と直接お知り合いになりたい、できたらツーショットを撮りたい、とにかくその時のことを他人に言いたいために……などなど、私には憶測のつかないようないろいろな理由で、あの資金集めのパーティーに行く。

私の知人に、「『ご招待』と書いてありましたから、全くの手ぶらで行って、ビールをうんと飲んで来ました」と嬉しそうに言う人がいるが、一般の常識では「ご招待」とあったら二万円より多くもって来いという意味で、普通は十万円くらいは包むのだそうである。だからほんとうに手ぶらで行ったその人は猛者《もさ》中の猛者で私は尊敬している。

とにかく人から二万円ずつ取らねばやっていけない職業など、私には考えられない。お金は正当な労働報酬でなければならないし、しかも金集めのために、自分から自分主役のパーティーに値段をつけるなどということは、最低の悪趣味である。

政治家というものが他人からお金をもらわなくてはやって行けない職業としたら、私はそれだけで、その人の周辺には、ごく普通の人間関係はあり得ないものと思い、政治家という職業に微かな侮蔑を感じるのである。

利得と報恩の私的理想論

しかし一方で人間には、好きな人に贈りものをしたい、という素朴な思いがある。それも忘れてはならないだろう。別にそれで、自分が得になる何かを得ようとするのではなくても、あげたいのだ。

野田氏はお金のかからない政治を主唱して駅前の「辻説法」を続けた方だというが、ほんとうは政治に街宣車もポスターも要らないと私は思っている。ほかの人がそうしているからそうしているのだろう。政治の世界の表現というのは、悪趣味と野暮なものばかりだ。街宣車、たすき、白手袋。当選すれば、ダルマに眼を入れ、今でも何かあると「ガンバロウ」と右のゲンコツを突き上げて見せる。

幼稚園の子供じゃないのだ。いつまであんな労働組合風の野暮なことを続けるのだろう。野田総理も同じことをなさった。私は恥ずかしさで見ていられない。私が恥ずかしがる必要は全くないのだが、四十歳、五十歳、六十歳の、いい年をとっくに越したおじさんたちが、平気であんなことをするから、代わりに恥ずかしがる、というばかなことをしている。つくづくお節介なことだ。

今は日本人は誰もがテレビを持っているのだから、テレビによる政見放送だけで充分だろう。その方が有権者たちは、その候補者が持っている政策をじっくりと吟味できる。その代わりテレビではもっと長い持ち時間を与えて、徹底してその人の人柄がわかるような番組にする。公共放送がその場を用意すれば、街宣車だの、それに乗せるお嬢さんだのの費用は全くいらなくなる。

しかし有権者の中には、生身の候補者を見たいという人もいるだろう。そういう人のためには駅前の立会演説会を何回か、これも公費で用意すればいい。それ以外のことは、私から見るとすべて選挙違反の匂いがする。

よく地方に行くと、——東京では一度もこういう話が出ないが——その土地から立っている政治家の評価の基準が出て来る。こまめに葬式の焼香に来たり（香典には制限があったと思う）、婦人会の会合に顔を出したりする人がいい人なのだ。娘や息子の結婚の仲人をしてもらったり、それができないならメインテーブルの客になってもらいたがる。

もちろん政治家も一人の市井の人なのだから、知人が亡くなったり、その息子や娘が結婚することもあるだろう。しかし知人が政治家として公人になったら、周囲は自分の一家のことで、時間や心や体力や経済力などを費やすようなことをさせてはならないのである。だから公人になったら、私はあまり付き合わない。

しかし本当は、この政治家を大成させるためなら、自分の全財産を注ぎ込みたい、と思う人が出てもいいと思うのだ。それは国民を幸福にすることだから、宝塚のファンが自分の好きな男役のスターにスポーツカーを贈る以上に、入れ揚げてもかまわないはずである。そしてその場合政治家は、もらった個人に感謝はしても、その人の利得のためには、全く動かない義務がある。つまり金を受けておいて、そのことを忘れてしまうのが本当の姿だろう。報恩はすべていい政治をすることだけに向けるのだ。これが私の幼稚な理想論で、いつも世間から笑われている。

それを承知で、私はまだ、そのような関係があるのではないかということに一縷《いちる》の夢を託している。そうでなければ、他人から絶えず金の補給を受けねばやって行けない政治家という職業は、あまりにもみじめな職業だからだ。

正当な労働報酬以外の金

人間の最初の資格は、物心両面の独立にある。

一応の健康な体を与えられている人なら、誰にも金銭的援助を受けずに、自分でどうやら食べて行くことが基本的な姿勢である。

もちろんその生き方なるものは、人さまざまだし、私の感覚では、かなり素朴なものでいい。それでも幸福は立派にある。

私は或る時世間から、親から財産をもらったと思われていることを知って驚いたことがある。私は確かに、親たちが買った土地に今でも住んでいるが、それは相続をしたのではなく、父から買った土地なのである。

私の父母は夫婦仲が悪く、私が半ばすすめて初老と言われる年に離婚させた。私は母に、たとえ自分がお嫁に来る時に持参したものでも、すべておいてくるように頼んだ。すでに少しは生活に余裕があったから、母の面倒くらいはみられるようになっていたからである。

私はお金の争いだけはするのがいやだったのである。私の育った家庭は、昔から一日として心休まることのない生活だった。ほんとうは私自身、そうした暴力的な家庭に育って、もう少しぐれてもいいはずだと思うこともあるが、このていどの性格の悪さだか偏りだかで済んだのだから、そしてその部分は夫である三浦朱門が引き受けます、と言っているのだから、カンニンしてください、という感じである。

そしてその中で私が知ったのは、どんな相手でも一緒に住まなければ、ひどく憎むことはなくていられる、ということだった。だから私は、アパルトヘイト以後の南アに行って、いまだに残る種々の問題を聞いた時、白人、アジア人、インド人、ブラックは（分け方の名称はどうでもいいけれど）とにかくあらゆる仕事、勉強、遊びはいっしょにするが、住むことだけは別の方がいいという実感的結論に至ったのである。

父の後半生を見てくれるという堅実な女性が現れたので、私はほっとしたが、もはや収入を得られる年ではなくなっていた父が、おそらく大してはない貯金で、後妻さんとの生活をどのようにやって行けるか心配だった。

私は父が建てた家から母を連れて出て行くつもりだったが、父は娘の私に住まわせて、自分たちが新築の小さな家を買って出て行きたいという希望をうちあけた。それで私は当時既に原稿でいささかの収入があったので、一人の買い手として父から家を買い取ることにしたのである。

私は税務署に行って事情を話し、ごく普通の売買をしたいのだけれど、その場合値段をいくらにしたらいいか相談に乗ってもらうことにした。父も私も儲けようという気持ちはない。ただこの場合、売り手と買い手になるので、税務署が認めてくれるような値段を決めるのがけっこうむずかしかったのである。

しかしその結果、話は却って楽に進捗した。父の生活もどうやら成り立ち、私たちも父母の作った家を人手に渡さずに済んだ。それから二十年近く経って父が亡くなった時、私は娘として父の遺産〇《ゼロ》円を相続した。相続を放棄することを法律上はそういう表現をするのだ、と私は初めて知った。

つまり私たち夫婦は、ありがたいことに何一つ親から財産を貰わないで生きて来たのである。いや、それは正確な言い方ではない。私たちはそれぞれの親たちから、人並みかそれ以上に頑丈な体を受け継いで来た。これは何にも増して感謝すべき贈り物だった。若い頃から病気と縁の切れない人と比べると、少々不潔なものを食べてもお腹を壊さず、暑さ寒さにもあまり文句を言わないで済む体を与えられたことは最高の相続であった。

それから私たち夫婦は、すべて自分のできる範囲で暮らして来た。誰からもお金をもらいもせず借りたこともなかったが、周囲の好意だけは豊かに与えられたという実感がある。金銭から解放されるということは、人間関係の基本であった。お金がからまないからこそ、私の周囲には、呆気にとられるような率直さで会話をすることができる友人がたくさん集った。

或る日、私の男性の知人が私のハンドバッグを見て言った。

「なんだかいかにも安っぽいバッグだなあ」

「失礼ね。これは通販で買ったんだけど、一万円ちょっとはしたのよ」

ほんとうは別の知人も私に言うのである。

「ソノさんのバッグ、十年前にアフリカに行った時から同じですね」

ウルサイ！ 私はアフリカへ行く時は、いつもこの布カバンと決めてるんだ、と思いながら、私はその度に夫に言いつける。

「今日も、私のハンドバッグ、古くて安物だ、って言われたわ」

私は誰が言ったとは言わない。すると夫は読んでいる新聞から眼もあげずに言う。

「それならその人にいいのを買ってもらえ」

私の男性の知人たちは、揃ってケチンボで、決して私にハンドバッグなど贈ってくれない。だからこそ友情は長続きしている。友情の限度は、食までの範囲であることを世間ははっきりと自覚していない。しかし食までは、非常に有効である。だから上役は若い社員に奢り、官民接待反対どころか、むずかしいことを語り合う時は、必ず食事の席を設けるのが賢いやり方だと私は思っている。

私は今までずっと、自分の肉体的な労働からその金銭的、物質的な基盤を得て来た。中年以後に、私も政府の審議会などのメンバーになることがあったが、私は会議の途中で黙ってあたりを見廻しながら、この中で、全く組織の力を借りず、組織で守られもせずに、自分一人の労働によって食べているのは私一人だ、などと思うことがよくあった。

裕福な家に育った人は、親からもらって当然と感じる生き方ができるのであろう。しかし私は気が小さいから、すでに果たした労働の報酬以外のものを受け取ったら、とたんに自分が危ない橋を渡っているように感じるのである。

私のような感覚でいると、政治家は裕福な人しかなれないことになる。つまり他人から金をもらう必要はないが、親から受け継いだ金を自由に使える人しか信用できないことになる。昔は確かにそういうタイプの政治家がいた。政界に出た後、彼らは財産を失っていった。近年、お金持ちのご子息の総理も何人か出たが、中には金銭感覚の浮き上がっている人もあり、自分の財産を減らしても国をよくしようとする情熱は国民に伝わって来なかった。それどころか、政治の仕組みをうまく利用して、財産の譲渡をしようとする操作が明るみに出ることもある。

しかし正当な労働報酬以外に人から理由のない金をもらったら、その人はもう自由人でもなく、公共のために勇気ある発言をできる立場にもいない。見返りを全く期待しない真のパトロンからどんどん金をもらって、その人の現実的な利益のためには全く働かないという関係が確立できた時だけ、政治家は金をもらっていいのだが、そんな夢のようなことを、誰がどうして実現するのだろう。

金は人間を、必ず現実的な、即効性のある従属関係に陥れる。この点を理解できないうちは、私は政治家という仕事を基本的に好きになれないのである。

第六話　誰も他者の運命に責任はもてない

人間同士の適当な距離

東日本大震災の後に起きたあらゆる現象は、日本人に自分の心底の一部を見せつけた。自分の怠惰な点や醜さを如実に示されるのはつらい面もあるが、私は何でも明るみに出るのが好きだから、それも致し方ないと思う。

七十代の初めまで、私はまだ肉体労働ができた。視力障害者や車椅子の人たちと、毎年イスラエルなどの外国に行っていたので、女性ばかりの場合なら、五人で車椅子の人を車ごと持ち上げて石段を上がるサポート班の一員としても、どうやら役に立った。しかし七十四歳で二度目に足首を折ってからは、そうした労働の役に立たなくなった。

今回の地震の後、私は肉体労働をしますとはとうてい言えなくなっている自分が情けなかった。一番役に立つボランティアは、壊れた家の瓦礫《がれき》を片づけることや、床下の泥を掻き出すことだとよく知っているから、そういう役に立たないことが悲しかったのである。

「人海戦術」という言葉があるが、全く人手以外は役に立たない場面がある。半壊の家を重機で引き倒すなら、或る意味で事は簡単だ。しかし家をもう一度修理清掃して使いたいという場合、復旧は細かい人手に頼るほかはない。そしてその手の、決まり切った作業で人助けをするということが、一番誠実な姿勢なのである。

故郷が壊滅的になった時、人々は改めて古里とは何かと考えたらしい。正直なところ私は、同じ町や村の出身者が、仮に津波の恐れのない高台に新しい町や村を作る場合、「また近所同士で寄れたらいい」と言っているのに驚いた。これだけの災害の後、そんなぜいたくを言っていられる場合だろうか、とも思った。戦争中もその後も、私の母たちの世代はちりぢりに逃げて、やっと暮すほかはなかった姿を知っていたからである。

現在私はご近所付き合いをしているが、それは決してしつこいものではなく、いきなり玄関先に訪ねるなどという無礼もめったにせず、必要があれば電話でちょっと伺います、とあらかじめ都合を聞き合わせるのである。そうでなければ、わざわざ相手を呼び出すようなことをせず、偶然先方が玄関先に現れる時を気長に待ったりする。

都会生活というものは、そのような人間と人間との適当な距離を保とうとする。そして人生で、たまたまこの一時を近所に住む、という運命を感じている。それは決して一生続くものではなく、いつかはこちらが死んだり、相手が転居したりして、終わりになるものだと思っている。

昔は同じ家並みに「隣組」というものがあった。回覧板というものを回したり、戦争中は焼夷弾が落ちると、延焼を防ぐために隣組が一致して消火にあたった。当時十三歳だった私も、（消防用の小型ポンプなどない時代だから）バケツに水を汲んで運び、少しは役に立ったものである。

都会には、仮初《かりそめ》の数年間を近くで住む間、気持のいい関係を築きたいものだと思う空気がある。しかし別れの時もある。転任、結婚、老いて娘の世話になる時の訪れ、理由はさまざまだが、人々は変化を心のどこかで覚悟している。だから災害の後の生活の復活の条件が、昔と同じ人たちと近所に住めることなどという希望が叶《かな》えられることだとは、とうてい思わないのである。

私の両親は、昔郊外に電鉄会社が売り出した土地を買って家を建てた。私たちは両親の死後もそこに住んでいるわけだから、少なくとも七十五年以上同じ土地に住んでいる。今では同じ通りで、うちほど古くから同じ家族が住み続けている家は一軒もなくなった。当然、我が家ほど古い、四十年以上も経つ木造家屋もほんの二軒くらいしか残っていない。

強盗事件で知った都会の流儀

東日本大震災の後、新聞に報じられた被災者たちの言葉には、改めて、地縁、家族の絆というものが浮かび出ていた。一般に地方は人情が厚く、都会は冷たいという。狭い路地で出会っても「おはよう」を言うでもなく、「おばあちゃん、元気かね」と垣根越しに声を掛けるような空気も薄い、とされていた。

しかしこれも少し正しくない。もう四十年も前のことだが、私の家に強盗が入った。当時私は、法務省が作って昼休みなどに刑務所内で流す一種の放送番組に出ていた。母は「そういうことをすると後で困ったことが起きるわよ」と言っていたが、私はだから止めるということはしなかった。

録音の吹き込みに当たって私が一番注意したのは、聞く方が受刑者、こちらは一応塀の外にいる者だから、「お説教をする」という調子にならないことだった。私は家庭のこと、好きな料理のこと、人間関係に失敗して誤解を受けたことなど、細々としたことを喋っていた。それでも母の予言通りになったのである。私の家に入った強盗は、その番組を聞いて私の家に入ることを思いついたのである。

とは言っても、事件の翌々日、犯人がかけて来た何本もの一種の脅迫電話で、私は彼と仲良くなった。うちへ入った理由もその時聞いたのだが、彼は多少の文学青年で、ただ私の名前を覚えたというだけで、放送の内容はほとんど記憶していなかった。したがって私に対する確固とした悪意もほとんど持っていなかった。

とにかくその人は、或る夜、二階のトイレの窓を壊して入って来た。そして階下に寝ていたお手伝いさんを脅しながらナイフを構えて、私たちの寝室に入って来た。

その少し前まで、私は母校の大学で学生に表現法の講義をしていたのだが、その時に使ったS・I・ハヤカワの『思考と行動における言語』という本が滑稽なほど役立った。

当時の私はひどい近視だった。まさか強盗に向かって「後で証言するときのために、あなたの顔がよく見えるように、眼鏡をかけさせてください」とも言えない。眼鏡をかけていない私には、相手の顔はただ所々に黒い場所があるお盆のような平面にしか見えないのである。所々黒い部分というのは両眼であり、鼻の影なのである。

S・I・ハヤカワの本には、人間は心理次第によっていかようにも事物を曲げて印象を持ち、また感情をふくらませて表現するかについて書いてあった。当時、アメリカなどの推理小説を読みすぎていた私は、強盗というものは必ずナイロンのストッキングをかぶっているものだと思い込んでいたが、その人は素顔らしく、夕顔の実を思わせる青白い顔のような印象しかなかった。

私は胸元に突きつけられたナイフの長さも、警察に聞かれた時、決して証言してはならないぞ、と自分の心に言い聞かせていた。恐怖は凶器を大きく言わせるという。私は胸元に突きつけられたので、ナイフの長さもおぼろげに見えたのだが、後で警察に聞かれた時、「あやふやな印象ですが」という言い訳つきで刃の長さを証言したのだが、それは近くのドブに捨てられていた「凶器」よりはるかに短い数値で、「凶器を現物より小さく言う人は少ないね」と警官は言っていたという。

実は私はその時、自分が殺されることをほとんど予想できなかった。その理由は沖縄の戦争中の女学生の取材をしたことがあったからである。彼女たちは「生きて虜囚の辱めを受けず」という当時の日本人の決意を心に秘め、日本軍の病院で働いていた時、手術用のメスで左の何本目の肋骨の間に正確にメスを刺せば即死できるかを教えられて、いつも胸に触って練習していた。

肋骨は何本あるのか知らないが、強盗が私の胸を刺しても、骨にぶつかるかその間隙《かんげき》に入るかの率は、恐らく五十パーセントずつだろう。つまり一突きでずぶりと肺まで刺さる率は、五十パーセントなのである。しかも心臓の真上にある肋骨の間に正確に入る率はこれまたほんのわずかだから、一突きで即死させられる率は極めて少ないだろう、というのが私の計算だった。それで私は非常に落ち着いていた。私はS・I・ハヤカワと沖縄に関する知識のおかげで助けられたのである。

こんな余計な話をするつもりではなかった。しかし状況を説明するためには、私の家に強盗が入ったことに触れないわけにはいかない。それで脇道にそれてしまった。

とにかくその強盗は、夫が手を縛られるふりをしながら蹴っ飛ばしたのを機に逃げ出した。ほんとうは夫のキックは当たらず、彼はただ驚いて逃げたのだろうが、その逃げ足の早さは彼の特技であろうと思うほどすばらしかったので、私は後日脅迫電話がかかって来た時、あなたは強盗なんかしないで、鳶職《とびしょく》になれば、必ず成功する、と褒めたのである。

強盗が逃げたとわかると、私は窓を開け、凄まじい声で夜明けの住宅地に向かって怒鳴った。「強盗です！」。ほかに何を言ったか覚えていない。とにかく私の声は、四軒離れた家まで聞こえたという。

こういう時、都会は自分に難が降りかかるのを恐れて他人の危険に対しては全く何もしない所だと言われていたが、そんなことはなかった。その時付近からは四本もの一一〇番が入った、と後で警察の人が教えてくれた。隣家のご主人はすぐ家から出て来て「大丈夫ですか?!」と声を掛けてくださった。

普段は何もしない。隣家の家族構成だってよく知らない場合が多い。ご主人がどこへ勤めているかも、ほとんど知らない。そもそも基本がその人の生活には決して立ち入らないという礼儀を守っている。隣家の誰が夜遅く車で帰って来ようが、興味も持たない。しかし非常事態が起きた時には、手を貸す。都会とはそういう爽やかな所だったのである。

故郷のために歌うか

東日本大震災の後、被災者の多くが、同じ町の顔馴染みの人たちと、いっしょに住みたいと言っている、と新聞やテレビは報じた。確かに混乱の中では、顔見知りが傍にいてくれれば、情報もこまめに伝えてくれるだろう。

人間は常に寄り添って生きようとする。私はかつてルワンダの虐殺を調べて、それを『哀歌』という小説に書いたが、これはフツ族が少数派のツチ族を虐殺した内乱の実相を使っている。長年、社会の下積みに置かれたフツ族が、少数派のツチ族を、ツチであるという理由だけで殺したものだが、その中でしばしば語られたのが、不安に陥ったツチの人々が各地の教会の中に逃げ込んだケースである。

それらの人々は、教会の建物の中に逃げ込んで皆で暮せば安心だし、よもやフツの民兵たちも信仰を表明している自分たちを殺すようなことはしないだろう、と考えたのである。しかしそれは甘い想定だった。

フツたちは教会を囲み、機銃掃射で内部の人たちを狙い、ガソリンを流して人々を生きながら焼き殺した。知人や親戚が集まって暮らすという人間の本能的な習慣も、生命を守るのには何の役にも立たなかった。

もちろんこれは極端な例だ。ごく普通に考えても、土地の親しい人々は、折りがあれば集まって喋り、食べ、それだけで心が満たされる。

しかし地震後、津波の影響がないと思われる高台に避難所か、もう少し恒久的な新しい村を作って移転するという企画が出た場合でも、同じ村の人々が集まって暮らせるように、という要求が、少なくともマスコミには大きく報じられた。それができないのは、村の伝統や人情を引き裂く無残な行政だというような書き方さえあった。

しかしそうばかりではないだろう。

東北に限らず、あちこちに過疎の村ができたのは、そこで暮らしていた人々が、村の暮らしを嫌う面があったからだ。それは何であったか、私は外に住む者としては正確には言い得ないだろう。しかしことに青年たちは、村を嫌って都会に出たがるという潮流があったことは確かだ。

私は一九八九年に『都会の幸福』というエッセイを出版している。それは、人間の心のうちに潜む自由の風の爽やかさを書いたものだった。地方の生活が個人の暮らしを圧迫して、耐えられなくなった人たちが、今までにたくさん、都会に脱出して来た。その点大都市という所は、個人の生き方の選択を自由に認め、不必要なしがらみでくることはなかった。

少なくとも、東京には個人が、ひどい悪臭や騒音や何か危険を与えるという形で周囲の人々に深い迷惑を掛けない限り、個人の好みを通すことに誰一人として反対する者はいない。もちろんそれには責任も伴う。自分の行動にかかる費用を自分で負担するという基本的な条件は必要だ。しかしそれ以外、都会で一応のルールを守って暮らしている限り誰も他人の心の内面や暮らし方には口出しをしない。だれも、他者の運命には、責任がもてないからだ。この爽やかさは、人間生活の基本的な条件である。少なくとも、私にとってはそうであった。そして多くの東北地方の青年もまた、私と同じように自由を求めたからこそ、東京に出て来て、村は過疎になる、という現象が出たのではないか。

地震の結果によって強制的に生まれ育った土地を追われ、改めて郷土のよさを知ったというのなら、こんなよい結果はない。人間は何歳になっても体験し、学び、眼を開かせられ、それが心身の豊かな血肉になることがあるし、それはまた慶賀すべきものだ。

しかし最初から皆が一致団結して古里を愛していたというのは虚構だ。地震前には、郷里の生活にうんざりしていた若者も多かったことは認めなければならない。

『都会の幸福』の最後に、「故郷のために歌うのではなく」という章を私は書いている。「いつか一人の歌手が『私は故郷××のために歌います』と言っているのを週刊誌で読んだことがある。それは、愛すべき善意に溢れた心と言葉である。そしてまた多くの人が、同じ故郷の出身だということで、その人に熱い声援を送るのも自然だとは思う。

しかし私がその時爽やかに感じたのは、都会に住む者は、そのようなことを考えなくて済むというすばらしさであった。

誰か東京のために歌います、などという歌手がいるだろうか。それは、東京が愛されるに値しない土地だからではない。東京はほとんど退屈することもない、息を呑むほどすばらしい土地である。しかし誰も、東京のために歌いはしない。

それならば、東京出身者は誰のために歌うのか。

私たちはあらゆる人々の心のために歌うのである。それが男であろうと、女であろうと、肌の色が黒かろうと黄色かろうと白かろうと、東京に住んでいようとニューヨークに住んでいようとカルカッタ（現在のコルカタ）に住んでいようと、すべて生きている人々の心のために歌うのである」

震災後、今改めて、古里を離れては生きていけないと思うにせよ、これを機会に津波の来る土地は見捨てようと決意するにせよ、自分の心に対する過不足ない認識は必要だ。すべての人が、故郷の村だけをひたすら愛していたというような言い方は、政治的ではあっても決して真実を衝いていないのである。

第七話　人間の器量はどこに現われるか

アビリティとマテリアル

野田総理は、二〇一一年十一月にカンヌで行われたG20首脳会議に出席した。代表出席者が一堂に会する恒例の記念撮影の写真を、どこのテレビも新聞も必ず載せる。私のような者は、その中のほんの数人の顔しか知らないが、それがなかなか重大な資料写真とは言える。その時の表情で、その国の代表の器が出る、と言ってもいいからだ。

器という日本語は、考えてみるとなかなかおもしろい言葉で、英語に直すとどうなるのかと思って手元にある簡単な電子辞書で調べてみたら、容器としてのうつわではない、人間の器量という意味としては、二つの単語が当てられている。一つはアビリティだから、これは能力という意味なのだろう。もう一つはマテリアルとなっているから、これは直訳すると素材、つまり人材というニュアンスに近いのかと想像している。

人間というものは、「舞台」の上では、実によくその個性が出る。歌舞伎の多くは、基本に似通った型というものがあるのだろうが、それでもなお演じる人によって違った役柄がにじみ出る。人間の持ち味というものは、こういう時にみごとに出るものなのだ。

野田総理の表情は、時々とってつけたような微笑を浮かべることはあるが、少なくとも報道される場面の限りではかなり硬い。もっと場数を踏めば変わるのだろうが、国際舞台はデビューする前に、その訓練を積んだ人でなければならない、というのもほんとうだろう。しかし外交官ならそれが勤まるかというと、国際会議馴れしていても、精神に豊かな内容と人間的な強さがないと、すぐに見破られてばかにされるだけだろう。首脳にはマテリアルとアビリティとその両方が要るのである。

野田総理は、お隣の頭巾《カフィア》をかぶったアラブのどこかのお国の代表とほとんど会話を交わさない。二人共ぶざまに無言で立っている。

喋らないということは、こういう場合、悪なのである。どんどんその人が代表するその国の順位が下がって行く恐ろしい瞬間なのだと言わねばならない。

「開幕ベルが鳴るまで」強引に自国の立場を売り込んでいる代表もいるだろうが、ふつう代表たちは、撮影用の雛壇の上でまでそんなに高尚な内容を喋っているとは、私には思えない。ホメロスやシェイクスピアの一節を引き合いに出すようなきざな話をしているとも考えにくい。隣り合わせに立つことになった女性代表のブローチを褒めるくらいのことはするかもしれないが、それ以上のお世辞を言っているひまもないだろう。第一お隣がメルケル首相だったらどうなるか。ブローチのお世辞など言うつもりにしていても、ブローチをつけていないことだってあり得る人物だから、油断はできない。

つまりあの数分間に、各国代表は必ずしも次のセッションに必要な下工作ばかり喋るようなヤボをしているとも思えないのだから、その時、どういうことを喋るかということの方が恐ろしい。むしろカミさんに叱られた話とか、とにかくマーマレードを食べさせられると僕は頭が狂うんだ、というような、ほんとうだか嘘だかわからないようなジョークに近い話をしているに違いないと私は思っているのだが、私はこういう席には出席したことがないのだから、多分とんちんかんな推測になっているだろう。

いずれにせよ、一国の代表は、自分の言葉で自分の人生を語ることができなければならない。これは鉄則だ。だから語学がある程度できないと、総理としては大きなハンディキャップだろう。

教養と自己のない悲劇

ところが私はまた、昔或る青年から聞いた話を思い出してしまう。

日本で開かれた国際学会で、飛び抜けて英語が達者な日本人学者がいた。ところがその人は、少しも外国人の学者たちに評価されない。あの人の変に達者な英語より、とぼとぼとへたくそに語る他の日本人学者の話を聞く方がずっと為になる、と皮肉る外国人学者までいたという。

こうなると、私など何を目指して精進すべきなのかわからなくなる。もっとも私には生涯その必要がないので、どちらの方向にも精進しようとは思っていないのだが……。

人は独自の人生観をもち、それを自分なりの表現で語れねばならないのだということは、国家とか組織とかを代表する立場になった人には必須のものだろうと思う。それが国際関係であろうと人間関係であろうと、「関係」というものの存在する場で闘う基本的な戦闘力だ、ということだ。

しかし考えてみると、喋ることの下手な人など世間にたくさんいる。語学ができなくても何ということはない。

或る世界的に有名だったデザイナーは、不良少年でろくろく学校になどいかなかった上、どこの出身だったか「エ」と「イ」の音の区別のつかない地方の出身者だった。デザインともなると、自然ローマ字のアルファベットも使わねばならない。しかし彼は助手が説明しても「イー」つまり「E」と、「エー」つまり「A」との区別が耳で聞き分けられない。それで彼はいちいち「何だ？　綴《つづ》りは山型の方の『エー』か。ヨの字の方の『エー』か？」と聞き返していた。山型の「エー」というのはAのことで、ヨの字の方というのはEのことなのである。区別をしようとしても、彼自身がイとエが区別できないのだから、この確認は当然のものであった。それでも彼のセンスは、世界的なデザイナーとして評価されていたし、人格のおもしろさも抜群のものだった。

そもそも無口、ユーモアのセンスなど全く持ち合わさない人は、世間にたくさんいる。しかしその手の人は、政治家ではなくほかの仕事を選んでいたのなら、全くかまわないことなのだ。

たとえばその人が陶器屋の主人や鰻屋の店主なら、むっつりがむしろ客に受ける場合さえある。陶器について聞いた時よく答えてくれればそれでいいのだ。鰻屋に至っては、煙の向こうで立ち働く人の焼く鰻がうまければ、それが最高なのだ。花屋のお兄さんや小説家も、英語ができなくても、むっつりで喋らなくても、それは少しもマイナスではない。もっとも現実的に見ると、喋らない花屋と作家というのは、あまりいないような気はする。花は売る時にどうしても語りたくなり、小説は書く行為のもとがお喋りだからだろう。

そうじて言えるのは、教養や語るべき強烈な自己がない人が、「関係」の世界にしゃしゃり出てはいけない、ということなのだ。それは悲劇に近いことなのだが、当人だけは気がつかない場合が実に多い。

最近の新聞で、辞典の編集者だったという方が『政治家はなぜ「粛々」を好むのか』という本を出版されているというのを読んで、いい点に着眼されたものだ、と思った。まだ本を手に入れていないので、ただ本の題から思いついたことを書くのだが、「粛々と」という表現は、確かに余程特異なことが起きない限り、私などほとんど使うことのない言葉だ。

第一、私はこの言葉の内容は知っているが、私自身はめったにこういう単語で表すべき場面に遭遇することがないからだろう。「粛々」は、私の中ではっきりと感覚的に、「静か」や「ひっそり」とは違うのである。私が生きて来た社会はすべて個人的なものを記録する世界だった。泣くか笑うかは別としても、いずれも個人の感情の波が及ぶ範囲の光景を作家は掬い取って来たのである。

しかし「粛々」はたしかに公的なものなのだ。眼にも耳にも混乱を感じさせることなく、予定通りことが進行するさまが粛々なのである。政治にはしかしそんなことが起るわけがない。

例を挙げると、日本の神道の儀式は一番「粛々」を具現している。賢所《かしこどころ》で行われる皇室の儀式も、伊勢神宮のご遷宮に関する一連の準備も、すべて長い年月を経た儀式によって行われ、賢所の前には楽師の一団はいたが、どちらの場合にも音曲《おんぎょく》は一切なかったのに私は吃驚《びっくり》した。神と人との交わりの音は、粛々そのものだ。

政治家の生活というものは、公的なものだから、個人の生活を超えたものだという認識の元に彼らがこういう言葉を思いつくのかもしれないが、私たち庶民の生活では現実感がない言葉が多いのである。

これらは擬態語というのだそうだ。粛々とか、堂々とかいう言葉は、擬態語の範疇に入るという。

昔英語でオノマトピアというものを習った。これは擬態語とは違って擬声語である。最近ケイタイの世界でよく使われるツイッターという言葉も、もともとは小鳥が「ピイチク、ピイチク」と囀《さえず》ることをいう「トウィッター(twitter)」という単語から来たらしいのだが、これは擬声語で、女性が興奮して喋りまくる様子を示すものでもある。どうも侮蔑を含んでいると感じられるものだ。しかし最近のツイッターという行為を恥じる風潮は世間には全くないらしい。

擬態語というのは、英語ではミメティック・ワードで、私たちが偽物という時に使うイミテーションとも親戚のような言葉であるミミックから来ている。ミミックは、「物真似をする人」でもあり「模造品」をも意味する。形容詞となると、もっと悪意のこめられた単語である。「偽の」「模造の」というような意味だ。

実を言うと、私は最近では模造品をけっこう喜んで使っている。私が外国旅行の時に持ち歩く真珠のチョーカーは、大使館のランチにつけて行っても、まあ大使夫人に見抜かれるだけで怒られるというものではないし、それがもしほんものなら、二、三百万はしそうな見事な艶と色の粒揃いだが、近代的な技術で作ったイタリー製の公然たる偽物だから五千円もしない。眼の利く掏摸《すり》なら盗もうともしない代物だから、私が旅に持って出るのである。

いわゆる革ジャンなるものも、昔から私は重くて固くて窮屈で着られなかったのだが、日本の技術で作った人工皮革はあらゆる点ですばらしくなった。色は長保ちするし、柔らかく、軽く、着心地がまことにいい。出先の食堂で盛大にシチューをこぼしても、すぐその時、トイレの石けん水でちょっと部分洗いをしておけば汚れも残らない。これらは新しい布だか革だかというべきもので、偽と非難する以上の新しい価値を生み出したものだと私は思っている。

「わからない」と言える幸福

余計なことを書いてしまった。

擬態語について書こうとしていたのである。擬態語は、自分の内面よりも、外からどう見えるかということに重点をおいているのだろう。「粛々と××をしていこうと存ずる次第であります」と言えば、国民や大衆から見て、その人が慌てず騒がず、どっしりと落ち着いて、確信を持って行動しているように見える、そういうことをする、ということだ。外から見てどう見えるかという、視線の方向がここでは問題にされている。

しかし政治家の決意は、ほんとうはあくまで内から外への方向を持たねばならないものだ。いかなる場合も、周囲の賢人や経験者たちの意見も充分に聞いた上で、その分野の勉強を一人怠らず、充分に迷い、寝ても覚めてもそのことを考え、最後には世論・雑音に動かされず、深く恐れつつ信念を通す、ということなのだろうが、それは外部から見える粛々という姿勢とは全く違う内面の葛藤と選択なのである。

「堂々」と何かをするというのも、自分で言うことではない。「堂々と××をする」というのは、外から見える自分のあらまほしき姿を口にしたものである。しかし借金の返済を延期してもらうために人に会う時は、堂々としていてはだめで、できるだけ哀れっぽく振る舞うのが効果的である。

ゆえに、「堂々として見えるように振る舞う」というのは、目的としてはいいにしても、ほんとうは心にぶれがないように振る舞いたいという演技を意識したもので、外見を堂々とするように行動するとしたら、それは役者のやることである。普通の人間は、自然に振る舞っても結果として堂々と見えるのでなければいけないのだから、「堂々」を目的としたら、人の眼だけを気にする見栄っ張りの行動ということになる。

現実には、羞恥心の強い性格ほど、堂々とはできないのである。外見を気にすれば、普通の人間の感覚では、たいていの場合内心忸怩《じくじ》たるものがあることになる。忸怩の「忸」は、恥じるということであり、心に自信がないさまである。「怩」も同じようなニュアンスで、恥じる、引け目に思う、極《きま》り悪がる、というような心理を表す。しかし私にいわせれば、これは極めて人間的な反応だ。

そしてもしかすると、日本人に特に色濃く出る心理的特徴で、多くの白人にもアラブ系の人にもない心理だろう、と思われる。

「颯爽」に至っては、もっと、むずかしい。私は颯爽といたします、と言う人がいたら、多分「マジ?」と嘲笑されることだろう。多くの人が猫背でがに股で、肩を揺らして俯き加減にとぼとぼと歩く。颯爽とはほど遠いことが多い。

政治家がよく使う言葉としてはほかに「充分に」がある。「充分に意見を伺った上で」などというのは、明らかに言葉のあやである。充分に他人の意見を取り入れていたら、ほんとうは何も決まらないくらいのことは見え見えではないか。そういうポーズをどれだけ取ったら、世間を納得させられるかという計算をした上で、状況を見計らって自分に有利な方向に持って行くだけのことだ。私はそれを悪いとは言わない。しかし政治家とは、何と常日頃嘘をつかねばならない職業なのか、と思う。うまい嘘をつくのが仕事の小説家は、こんなに見え透いた嘘をつくことは許されない。

「安心して暮らせる」も政治家の十八番だった。そこへ東日本大震災が来た。安心して暮らせる人生などというものはない、とやっと覚ったかと思っていたが、いまだに政治家だけではなく、アナウンサーなども平気でそういう荒っぽい表現を繰り返している。

局も日本語の教育と共に、人生の解釈の上においてこういう観念は完全な間違いであると教えないのだろう。

こんなことを書いていたら、私の胸にふと、思いがけない思いが込み上げて来た。それは、過不足なく、自分の心を表しても許される庶民を生きることの、この上ない幸福である。最近、あらゆることに意見を持たねばならないような空気があるが、私は大抵のことに結論を出せない。

原発廃止か存続か。ごく最近ではＴＰＰ賛成か反対か。自分の好みや利益でなら答えは簡単だ。しかし長い眼で見た日本人の存続と、その日本人も生きる世界的状況の中で答えを出すことなど、とうてい私にはできない。だから私は「わからない」と言う。

庶民はありがたいことにわからないと言うことを許されるのである。そして政治家のように大勢を決めて、一国民に大きな禍根を残す大罪に関与しなくて済むのである。

第八話　人は誰でも「心変わり」がある

長子相続という呪縛

世間の多くの家で、他人との関係よりも、息子、娘、その配偶者、配偶者の姻戚、などとの問題の方が深刻であるようだ。それは当然で、他人なら、できる範囲で関係を修復してみてもうまくいかないようだったら、それとなく遠ざかることもできるのだが、肉親や姻戚というものは、関係を解消できないから重荷になるのである。

昔から私がおもしろく思っているいくつかの典型がある。それは総じて姑は次男の嫁が好きで、長男の嫁が嫌いだということだ。

理由は簡単なのである。

それは一つには姑と呼ばれる人たちが、私よりははるかに年の若い世代になったというのに、いつまで経っても長子相続という観念に執着しているからである。

昔の老人たちなら、「家は長男が継ぐものだ」と意識が日々揺らぐことはなかった。お父さん、当主、長男などというものは、妻よりも、母よりも社会的には格が上で、その事実は、毎日の生活の中で確認され続けていた。

床の間の前が通常当主の席であった。床の間でなくても、囲炉裏の前にも、ちゃんと一家の主の席があって、子供でもそれを権威の象徴として意識していた。

しかし日本中に新しいプレハブ住宅が普及すると、床の間も囲炉裏もない。若い世代が、家族の中の権威を視覚的に見て納得する機会など全くなくなってしまった。

終戦直後、私の一家が住んでいた新しい住宅地には、戦前から「西洋風」の家が十軒に二、三軒の割合で建っていた。日本海軍の提督たち、大学教授、画家、実業家と言われたような人たちが作った家である。

私のように完全な日本家屋に住んでいる者は、お伽話《とぎばなし》に出てくるようなハイカラな家が羨ましくてたまらなかった。しかしこうした西洋風の家は、進駐軍と呼ばれたアメリカ人の家族の住宅として、まもなく接収されてしまった。私のうちのような古くさい日本家屋は見向きもされず、結果的には楽でよかったのである。

接収家屋の中には、当然一部に立派な日本座敷を残した家もあった。アメリカ人たちはそこへ入ってみて、たとえば十二畳の座敷ならそこを夫婦の寝室にできるかもしれないと考えた。しかしその場合困るのは、トイレや浴室が接続していないことだった。

結局、アメリカ人たちは、改築によって、この問題を一部解決できるかもしれない、と思いついた。なぜか日本人は座敷の一部に必ずと言っていいほど全く使っていない空間を残していた。棚もない。ワードローブもない。いったいここを何に使っていたのか、首を傾げたアメリカ人もたくさんいただろう。それが床の間であった。そしてそこにアメリカ人たちは、トイレの便器をおけばいいと思いついたのだ。

私は日本人にあるまじき合理性が大好き人間であった。暑さ寒さ、不便さ、すべて嫌だったので、何でも楽ならいいと考える怠惰な嗜好が一生脱けなかったのである。床の間はさぞかし怒っているであろうが、そこにこんなに有効な利用法のある空間を残していたということは、画期的なおもしろさというものである。

もちろん接収された人たちは、ご自慢の家を進駐軍に取られたばかりでなく、数年後に返還されて来た時、もしかするとそこに使われていた柱一本にも多額の金を掛けた床の間が、見るも無残な使用目的に変更されたことについて、ほんとうはどんなに怒ったかしれない。アメリカ人とは実に美学のわからない奴らだ、という軽侮で怒りを抑えたのか、私のように「いい使い方だったわねえ。うちでは思いつかなかったわ」とおもしろがるか、とにかく当時は戦災の国家的な補償などという観念は全くなく、人生には不運が必ずあると、私たち国民の意識にも刷り込まれていた時代だから、日本座敷を元通りのぜいたくな趣味に復旧できるだけの借り上げ賃が払われたということはなかったはずだ。それでも国民はすべて諦めたのだ。

この時代に我が家でも家長の権威などというものが既に崩壊していたことが、まだローティーンだった私の反応を見てもわかる。私は戦前の生れだが、完全に第二次大戦後に生れ、戦後の民主主義、男女平等、などを担いだ世代までが、現在でもいざとなると長男夫婦に老後を見てもらおうとするのだから、私にはその理由が全くわからない。

多く働いた者が多く取る

世界的にみても、現在、長子相続の伝統を持つ文化は多いが、その反対に若年の子供に、「家督」に当たるものを相続させる場合もないではない。それは牧畜民に多いというのだが、年長の子供に、一定の頭数の家畜を与えて独立させていき、親が高齢になると、一番年若い息子のうちの一人が(こういう社会ではほとんどの場合族長は複数の妻を持っているから)、年老いた父の後を継ぐことになる。相続は当然、社会的な伝統や都合だかを考慮して行われるわけである。

しかし私がみてもっとも自然なのは、運命的に、そして性格的に、一番自然に親と同居できる立場にいる子というものが子供たちの中に必ずいて、その子がその任を負うというケースである。たとえばたった一人経済的にも不運で、自家を持てなかったような子供が、家賃が要らないなら親と同居しようかと考えるようなことはよくあるが、私は動機は不純でいいと思っているから、家賃の倹約のために親と同居する息子がいればその家族にとっては何と幸運だったのだろう、と思う。家賃の倹約など、一番はっきりしていて悪気のない理由ではないか、と思っているくらいだ。

そうしたはっきりした理由があると、親と暮らして不満など出ない。子供の配偶者である嫁も婿も、そうした明確な理由の前には、不満を口にしない場合が多い。

長子相続が不合理なのは、長子だけに財産を譲られるということがなくなり、どんな子供も平等に財産の相続権を得るようになったからである。時には高齢の親二人の生活費だけでなく、日常の暮らしの面倒まで見ながら、その親たちが死ぬと、何も手伝わなかった弟妹までが遺産をもらうというのは、どうしても理屈に合わないのである。

親から見れば、子供たちが平等にかわいいのは当然だが、やはり人間としては多く働いた者が多く取るのが当然だからである。私はそういう観点から共産主義的な考えに共鳴したことは一度もない。徹底した共同生活を目指すイスラエルのキブツなどが成功してその機能が続くと思ったことは一度もない。

人間性というものは、その偉大な点も卑小な浅ましさも、共に意識の中できちんとその存在を認めてものごとを考え、制度を作らないと、決してうまくいくものではないのである。そしてすべての人は生きる上での最低限は保障されて当然だが、余裕の部分は、多く働いたものが受け取るようにしないと、今どき流行の言葉で言えば、それこそ正義も成立しない。国家が相続制度を見直して、長子であれ末子であれ、親を生涯責任をもって見た者が、全財産を受け取るということにしなければ、親の扶養をめぐって浅ましい騒動が起きることを回避できないだろう。

「リア王」から身の上相談まで

しかしこういう親子の中にもある金銭感覚を、あるがままに見ようとする親は、それほど多くない。リア王は、最後まで三人の娘たちの性格や、親への誠実さを見抜けなかったが、この十七世紀初めに生れたシェイクスピアの代表作の一つが取り上げた愚かな悲劇は、現代でも解決していない。

その証拠に、多くの親たちが、長男夫婦といっしょに暮らしながら、面倒を見てもらっているその嫁の悪口を言い、別居していてたまに親を見舞うだけの次男の嫁を褒めるという愚挙がいまだに続いているのだ。

長男の嫁はいつもいつも舅姑といっしょに暮らさなければならないのだから、常にいい顔ばかりもしてはいられないわけだ。しかし次男夫婦はたまに訪ねて来るだけだから、次男の嫁は舅姑と顔を合わせるのも数時間だけということになる。その間なら、どんなにも愛想よく「お義父《とう》さん、体を大切にしてくださいよ。お義母《かあ》さんもむりしないで」と言っていられるのだ。だから愚かな老人は、次男の嫁はいい人で、長男の嫁は鬼嫁だと思うのである。そんな簡単なからくりもわからないほど眼の曇った年寄りも、世間にはけっこうたくさんいるように見える。

世の中では、もう文学は廃れた、という人がいる。しかし身の上相談の種がなくなったという話は聞いたことがない。私の若い頃からもう半世紀以上も、身の上相談は、静かなブーム、ベストセラーである。

身の上相談をする人の心理にはいろいろなものがあるだろう。ほんとうにどうしたらいいか途方にくれて相談をする人もいる。しかし身の上相談の多くは、どこかで社会正義を行使しようとする情熱と無縁ではない。つまりこんな無法な人間がいるので、自分はそれに悩まされており、実名は隠してやるにしても、現実を社会に暴き立てることで、その人物に直接間接的な罰を与えてやりたいという情熱である。

つい最近、一人の父親の身の上相談が或る新聞の紙面に出た。

娘は三十歳だという。彼女は、もう十年間も、フリーターだった婚約者と付き合って来た。婚約は双方の両親の立ち合いの元に行ったという。結婚が延びたのは、彼に定職が見つかってから、結婚する予定だったからだ。

しかし最近になって男がメールで婚約を解消したいと言って来たので、長い年月彼を信じていた娘は大きなショックを受けた。父親は電話で、長年の約束はどうしてくれるんだ、と言っても、相手はすみませんと謝るばかりで、決心を変えようとはしない。会社で知り合った二十代の女性と結婚したいから、というのがその理由だった。彼はやっと正社員になったところだったのである。

女性の父親はどうしても気が納まらない。娘の大切な二十代を食い物にした男性に、今後どうして制裁を加えられるか、という相談である。

慰謝料を相手から取ることはできるという。それがうまくいかない時は、法律相談所でアドバイスを受けたらいい、とも回答者は書いている。しかし「何よりも、こういう不誠実な相手と結婚しなくて済んだと前向きにお考えになったらどうですか」という意味の賢い返答も加えられていた。

ほんとうにそうなのである。

誰でも「心変わり」ということがあるのだ、ということを人間はわきまえていなければならない。

木でも石でも鉄でも、時間と共に変化はある。つまり錆《さ》びるか、砕けるか、とにかく何か今までになかったような変質をするのだ。私は科学的な考え方に極めて弱い人間だが、変化しないという物質はなさそうだ、というくらいのことは知っている。

ふと「心変わり」などという単語を、英語に置き換えて使ってみたことがないのを思い出して、念のために辞書を引いてみた。すると何のことはない。「a change of mind」と書いてある。全くつまらない、身も蓋もないような訳である。

昔、東大の実験用のロケットが鹿児島の内之《うちの》浦《うら》で打ち上げられていた時代に、実験棟の片隅で見学することを許されていたことがある。打ち上げの日には、最初の燃料用の補助ロケットが海上に落ちるので、一定海域内のあらゆる船の航行が制限される。つまり漁船も操業できないのである。

そういうこともあって、実験は二月と八月に限って行われていた。多分、二月は海が荒れて出漁できない日が多い。八月はお盆その他で休みの日が多い。だから東大のために仕事上の迷惑を受ける日も少なくて済むのだろう、と私は思っていたのだが他の理由もあるかもしれない。

しかし実験は常に予定通りに行かなかった。天候が回復しない。記録用のコンピューターが、何百回に一回だかの率で動かないことがある。積んでいるアメリカ製の機械に問題がある。「それじゃ、NASAのプロフェッサーXに電話を掛けてきいてみろ」などという言葉も聞こえる。すると誰かが「プロフェッサーXは今離婚訴訟中で、NASAにはいないと思います」などとまじめに答えている。

こうして実験は何度も延期になる。慎重と忍耐は大切なものだが、新聞記者たちは容赦ない。

「また延期ですか?!」

という言葉には、トゲがないでもない。もちろんマスコミの中には深く日本の宇宙開発を気にしている人たちもいるのだが、軽薄な記者たちは当事者をイジメるつもりだから、教授たちの人間性はますます練れて丸くなる。

しかし私は別のことが気になっていた。

もし二月末日までにどうしても上がらなかったら、このロケットと衛星はどうなるのだろう、と気になって仕方がないのである。

天候その他の理由で、二月中に上がらなかったら、漁協と相談の上、一日二日なら延ばしてもらうこともある、という。しかし日延べということは、大変手数のかかることなのだ。掃海業務に就く海上保安庁の船は、打ち上げ予定時間の十時間だか前に、もう出て行ってしまうから、止めるならその前が願わしい。

ロケットと衛星の製造のためには、様々なメーカーの技術者たちが内之浦に集まっていた。ロケットの固体燃料、「ドンガラ」と呼ばれていた容器、機体そのもの、その他膨大な数の電気の部品。それらのメーカーの現場担当者が集まって数百人が待機している。打ち上げが一日延びれば、その人たちの日当もばかにならない。

遠い峰に置かれた追跡用の巨大な望遠鏡に張りついているグループは、することもなく発射基地に行くことも叶わず、原始の森の中で身をもて余した。仕方がなく教授たちは彼らに自然薯《じねんじょ》を掘らせる。これは農業の中でもっとも体力を要するひどい作業だ。その疲れで、他の恨みや辛さを忘れる。

もっと優雅な人たちもいなくはなかった。突然できた休みを利用して、自然林の中に野生ランを求めて歩くのである。ひとしきりランの話題がでることもあった。

もし二月中に打ち上げができなかったら、という私の質問に、教授の一人が答えてくれた。ロケットは「なんとかいうガス」の中にそのまま保管して八月を待つのだという。

「そうすれば、ロケットは大丈夫なんですか。錆びたりしなくて済みます?」

「ええ、大丈夫だということになっています」

私は驚いて言った。

「私たちは朝家を出る時、奥さんに『愛してるよ』なんて言っておきながら、十分後に駅前で初恋の女に会うと、胸をときめかせて言葉をかける男たちのことを書くんです。八月まででも物質が変わらない、ということは理解できないんです」

私の人間理解は、そんな素朴さで定着していたのであった。

第九話　要らないという人などいない

「親は要らない」か

人間関係について書くためには、時々あちこちの雑誌や新聞で眼にする身の上相談を切り取っておくべきだ、と数カ月前に思った瞬間があった。そう思って見ると、材料になりそうな話、というより私の頭を刺激してくれそうな話はその辺に転がっているという感じであった。それが私の意識に緩みを生じた。あまりあり過ぎるので、材料を取っておくのをさぼったのである。

娘がこんなむごい扱いをした。孫に対する嫁の扱い方を許せない。その手のうらみつらみ、危惧・嫌悪は、水量の豊かな泉のように、人間の生活から常に噴き出しているらしい。しかし中には、原文はもう手元にないのに、忘れられない強烈なものもある。それはある女性の「親は要らない」という趣旨の投書であった。

その人の母が、どんな要求をしたのかしなかったのか、実は覚えていない。これも原文を捨ててしまった私の杜撰《ずさん》の罰だが、その理由は多分どこにでもあるような平凡なものだったろう。ただ私の記憶に残っているのは、「私にはもう親は要りません」という趣旨の短い一行であった。

私もまた作家の一人として、当然のことだが、人間の悪に自然と深い関心をもっていた。人間が生きるということは、多くの場合善とも悪とも抱き合わせなのである。しかし世の中には自分は「いい人」だと信じ切っている人もまたかなりいるらしいのである。ことに最近では、人道的な意志を行動で示すことが作家の世界でも行われていて、それをしないのは、人道に反するがゆえにいい作家でもない、といわんばかりの空気もないではないのだが、いい作家というのは、人道的であろうがなかろうがいい作品を書く人でさえあればいいと思っている私は、時々白けた気分になっている。

別に人間の悪に、ランクや評価付をするのではないが、世の中の姿を見ていると、人間のなしうる「悪」というものは、たかが知れている、と私は感じていた。アダムとエバカ誰か知らないが、既に私たちより前に生きた人たちが、あらゆる罪の形を、大体のところ集大成して見せてくれたようなのだ。

「新しい罪などない」という答え

カトリックの神父という人たちは、一生を神に捧げる約束をする以前に、長い修練の年月を過ごす。カトリックでは、罪を神父に告白して神の許しを乞う「告解《こっかい》」という制度があるが、告解の内容は、たとえ殺すとおどかされても口外してはいけないということになっている。告解を聞いた神父は、罪を犯したと自覚する人にとって適切な忠告をできるように、罪に関するあらゆる哲学的、神学的勉強をしているはずであった。

正義というものは、世間一般が考えるように、平等だの、自由だのを指すことではなく、神と人間（個人）との間の「折り目正しい関係を指す」ことなのであって、神との折り目正しい関係が歪められた状態にある罪を犯した人間は、それを修復しなければならない。それが正義の実行であるので、神父はそのことが可能なように有効な忠告をなさなければならない。それゆえに、神父たちはあらゆる罪の形を学ぶのだというのである。

私は或る時、知人の神父に尋ねたことがあった。それは、あの小さな告解室の格子越しに(ということは、告解をする者の顔が、それを聞く神父たちによく見えないようにするためのものだが)囁かれる内容を聞いて、ほとんどのけぞるほど驚いたことがあるか、という質問であった。

私のように八十年も生きて来ると、世の中の大抵の罪悪なるものは、少なくとも聞いたことくらいはある。イギリスで有名になった切り裂きジャックの犯罪は、聞くものの背筋を寒くするが、殺された人にとっては、死後にどのような扱いを受けようが、苦痛がさらに増すわけではないかもしれない。

一方、経済的な社会の知能犯的な犯罪は、血が流されることはない上、財産上の被害を受けた人の多くが、とにかく生きてはいるので、あまり残酷なようには見えないし、またその犯人と見なされた人も、他者にかけた経済的な損失や混乱には、ほとんど反省を示さない例が多いように見える。加害者の多くは、損をしたのは当人の落度だと考えているようだ。

私はサド侯爵の作品だと言われるいくつかのものを翻訳で読んだが、その多くは猟奇的などという言葉で表されることが多いように、確かに異常な行動の極限を示して現実離れしたものであった。私にとって何より困ったのは、サドの作品が、文学の表現としても荒っぽくて高く評価することはできなかったからであった。あのままの筋で私が書き直したら、もっと別のものになるだろう、と思ったことは何度もあったが、人には言えなかった。

そうしたいささかパターン化した罪の範疇をはみ出て、「そうか人間はこんなにも深く、複雑な罪を犯しうるものなのか。自分はまだ人間というものを全く表面でしか見ていなかった」という形で、数年にも及ぶ神学校での勉強の成果が揺らぐほどの罪を、告解室の中で聞いたことがあるかどうかと、私は神父に尋ねてみたのだ。

すると神父の答えは、私を或る意味でがっかりさせるものであった。神父は、全く「目新しい罪」などというものは聞いたことがない、と答えたのである。

もちろん告解の具体的な内容を神父の口から聞くことはできないのだから、私はそれ以上の説明を求めることはしなかった。しかし世間をよく知った神父が、刮目した、と言うべきか、動転した、と言うべきか、それほどの罪がこの世にないということに、私は心の一部で落胆したのもほんとうである。

つまり私たちが犯す罪というものの多くは、残念なことに平凡なものなのだ。その多くは煮くたらかしたうどんみたいに、見てくれも悪ければ味も悪いものだというだけで、世間がはっとするような要素はどこにもない。オウム真理教の地下鉄サリン事件とか、神戸の酒鬼薔薇少年の犯したバラバラ事件のようなものは、確かに非常に病的な殺人に対する「意欲」だが、それは犯人の異常性を示すだけで、却って普遍的な人間の心理の深淵から遠のくような気さえする。

最近の宇宙に関する解明の限度が、途方もなく大きく広がって行っているのと同じに、いい悪いは別として人間の心理の限度も、かつてないほど広大で深い限界を示すことがあるのか、と私はどこかで期待していたような感じもある。しかし人間の心は、大してて複雑なものではないのかもしれなかった。人間の意志がいかに人間の行動として伝達されるか、その細部の方法まで最近では解明されて来たようだが、その内容自体は、昔からそれほど画期的に変わったとは思えなかった。

「大して変わってはいない」ということは、しかし恐らく人間にとって救いなのだろうと思う。私と同様、多くの人は心理的怠け者だから、あまり画期的なことは考えたくもないし、その思考の飛躍について行けないのだ。惰性の中でものごとをやって行って、どうやら生きていける程度のことをしてその日暮らしをしたいのである。

二億六千万分の一の強運

親は要らない、と言い切った人に話を戻そう。

その「身の上相談」はかなり珍らしいものだったと私は思う。なぜなら、世の中には親に困らされている子供も、子供に困らされている親も実に多いのだが、多くの場合、その関係を切ることができないでいるからなのだ。

親が子供に困らされる場合、親子の関係を切ることができないのは、親はその子供の成長に必ず責任がある、と思っているからなのである。しかし親と似ても似つかぬ子供も多く生まれる。

生物学的に言うと、人間の受胎の前には、一回の性行為で二億六千万もの男性の精子が放出され、その中の一個だけが女性の卵子に辿り着いて受精が完了するという。この二億六千万分の一という確率、それほどの厳しい生存競争というものは、現世のどこにも例がない比率だろう。

私など、大学の受験倍率が、十倍、二十倍だと聞くだけで、恐れをなす前にあきらめている。だから二億六千万分の一という精子の競争率を聞くと、最後の一個を信じて突き進んだ精子を、「そいつはバカか」と思いかねない。億万長者を夢見て大晦日に宝くじの抽選会を見に行く人はまだ正気だが、二億六千万分の一を信じる精子は、バカに見える。もちろん精子はその確率を知らないから闘えるのだろうが、別の言い方をすれば、その一個の精子は、非常に運が強かった一個である。

よく世の中に、自分は生まれつき運が悪いんです、と言ってうなだれている人もいるが、生物学的に言うと、あらゆる人間は恐ろしい強運の遺伝子の継承者だ。何しろ誰もが二億六千万個の競争に勝ち抜いた強者の子孫なのだから。しかしそれでもなお、その精子が必ずしも人間の個体としては、円満とか優秀とか気力に満ちたとかいう性質を伝えてはいないらしいというところがおもしろい。

子供の方が親を見捨てられないのは、やはり出生が親なしにはあり得ないということを、普通の知能なら、どこかで認識しているからであろう。つまり自分という存在がこの世にあるのは、どういう人物が親であるかを知っていようがいなかろうが、自分を生み育てた人なしには、自分は生きられなかったことを知っているからである。

その投書者の女性の説は大体次のようなものであった。私の記憶が正しくないのは、許してほしい。それまでに読んだ他の身の上相談がごちゃ混ぜになっている面もあるかもしれないが、だからと言って、その内容がそれほど本質において狂ったとは思えないからだ。

その女性が言うには、つまり自分は子供の時には、親にいろいろなことをしてもらって大きくなったかもしれない。しかし今、自分は独立している。親とは違う個性と人生を持っている。しかるに親は、今でも自分にさまざまなことで干渉して来る。生き方の趣味、経済面、現実の生活に割り込んで来ることなど、自分にとって今や親は、自分の生活を乱すものでしかない。私は今、親なしで生きていける。それなのに、自分を育てたからと言って、親が過去に自分に与えた分け前のようなものを要求して来るのは間違いだ。私にとって今「親は要らない」のだ、というわけである。

私の第一印象は、こうである。

この女性の言葉から感じられるのは、この人は、人間というより、野生の動物に近い感覚でいるということだ。野生の動物の中にも、強烈に血を意識して近親交配を防ぐような仕組みが作られている種もあるらしいが、一旦成長してしまうと、母と息子でも、父と娘でも見境なくなるものも多い。母を要らない、という人はこの動物に近い。

人間には他の動物と違って時間の観念がある。もっとも象などは、死んだ仲間の「遺骨」にすり寄り、時にはその骨を鼻で抱いて愛撫したりする仕種を見せることもあるという。しかし見たこともない祖父母を意識するということは多分ないだろう。

それに比べて人間には歴史が記憶されている。意味を持つのは今だけではない。過去も未来も考える。それができないのは、多分、人間としての資質より動物に近いのだろう。それを愚かと言い切っていいのかどうか私にはわからないが、自分が直接体験しなかった時間や歴史までを人間が考えなくなったら、ずいぶん単純なものになるだろう、という気はする。

たとえば私は、かっとなって相手を殺す、という点まではその情熱を理解できるのだが、殺した相手をバラバラにするという執念だけはついていけない。とは言うものの私は或る情景を思い出してしまうのだ。

つい先日のことだ。私は海辺の魚屋で、ヒラメのあらを売っているのを見た。「朝取り」などと書いて新鮮さを売り物にしている。私はそのあらを見ているうちにびっくりした。恐らくその魚屋では、一匹の大きなヒラメを、身の所はお刺身にして売り、残りを適当な大きさに切ってあらとして売り出したのだろうが、ビニールに入ったあらの頭のところがまだぴくぴく動いているのである。

刺身の活き作りを残酷だと言って食べない人もいるし、私もどちらかというと生体反応が見えなくなってから刺身に箸をつける方が落ち着くのだが、その時、私はやはりそのあらを買ったのである。それだけの新しい材料は当節なかなか手に入らない、という実利的な気持と、ヒラメのあらの澄まし汁は、やはりこの世の美味の一つだからであった。つまり私は、よその国の人たちから見たら、生命に対して充分に残酷な仕打ちを平気で選択したのである。

この地球上には、蚊さえも叩かず、手でそっと追い払うだけという人もいるという一方で、貧しいアフリカでは、マラリアで数多くの人が死んで行く。残酷な仕打ちというのは、一体どんなことを指すのか、私にはいまだによくわからないのである。

ただ、一応物事を、空間的にも時間的にも、連続したものとして認識でき得ないということは、一種の才能の欠如だと言ってもいいだろう。その判断の過程で、矛盾があるなしはまた別のことだ。この連続した感覚というものは特に図抜けた才能ではないのだから、それが欠けている人は普通に人間に備わっている感覚のない人であり、残酷だという前に、人として多分未熟か不具だと言っていいのだろう、と思う。

ここには、娘に要らないと言われた母が、情況説明の上では登場するが、その立場の弁明はなされていない。その人自身は、自分のことが投書されたことさえ知らないのかもしれないし、その文章を読んだとしても、それが自分のことだとは、全く思わないような人なのかもしれない。

このような娘を持った親は、気の毒と言ってもいいだろう。別に人道的な意味でではない。この世を見続けて来て私が実感するところでは、人生で要らないという人はいないのである。この母が、現実にどのような母であるかということは別にしてだし、人間の才能を功利的に見て「要らない人はいない」と言っているのでもない。どんな人間もこの世ではおもしろいものなのだ。

殺人、放火、強盗、詐欺、贋金作り、強制猥褻、ストーカー行為、麻薬の密売などをする人たちはどれも困るものばかりだが、それでも違った人間がいるというおもしろさを完全に相殺して、地球上には、行い正しい人しか要らない、というわけにはならない。一方善意の人がひたすら困らされるような存在に対してはどうしたらいいか、ということも、私はずっと考えて来たのである。

第十話　うまく行かない関係なら諦める

機能を代弁した関係

人間関係を、自分の利得になるかならないかで決める、と宣言した人のことを前章で書いたが、もともと人間関係というのは、利得ではないのである。

利益になるかならないかで相手を選ぶのだという発想は、相手を商売相手か取引先と見るかどうかということで、それはそれで明確な関係ではあるが、決して人間本来の繋がりではなく、機能そのものを表すにすぎない。

ところがそれをよく個人的な人間関係だと間違える人がいる。自分が一つの団体の代表である場合に、親友のように親しくしてくれた人は、人間として友人になってくれたのだと思うらしいが、はたから見ているとその人がポストを失うと付き合いもなくなるケースが実に多い。相手は自分を一人の人間として見ているのではなく、組織の代表として付き合っていただけだから、自分が組織から離れたら、もはや付き合いの相手ではなくなるのである。

賢い人でも、その点がわからない人は、世間にけっこう多いのが不思議だ。もちろん、その点をよく心得た上で、組織の責任者は誰とでも付き合わねばならない、という義務を負っているし、そうした立場上の付き合いを離れた後も、ほんとうの親しい友だちになった例が私自身にもないではない。

その点、幼馴染みとか、同じ村に住んでいたとか、スポーツクラブで知り合って話をするようになった人とかは、付き合いも長く続く。性格や趣味、共有する個人の歴史の上で、どこか一つ確実に一致する点があったからである。

利得で動く関係は、代わりがすぐに見つかる、という点でなかなか便利なものだ。取引先のAさんという人が、どうも悪い奴だと思えば、そことは取引しないか、交渉相手のAさんをBさんに代わってもらうこともできる。それで意外とうまく行くこともあるのだ。

私はマスコミの世界で半世紀も生きて来たから、親しくなった人も、その分野の人が多い。多くは仕事のことで知り合ったのだが、仕事を離れて友情が残った人たちである。私の年になると、相手もほとんど第一線を退いている。しかしそんなことは問題ではない。もともとそうした人たちとは、肩書や儲けを意識して付き合ったのではないのだ。私の小説を一番長い年月にわたって面倒を見てくれた人と必ずしも親友になったのでもない。ただどの人とも、人生の生き方でどこか波長が合ったというだけのことだ。こういう人とは、多分死ぬまで、お互いの体力が続く限り親しい関係が続く。その人とビジネスとは全く関係を持たないことが、むしろ私には常に必要だったのである。

私にとって友情を構築するのに必要だったのは、その人が見栄っ張りでなく、権力主義者でもなかったことだ。こういう選択肢は、我ながら簡単なものだと思うことがある。自分が付き合っている人を人に紹介する時、すぐ肩書が問題になったり、ハンドバッグのブランドが気になったり、あの人のご親戚はなんとか大臣だから言葉遣いに注意しなければならない、などと思う人とは長続きしなかったはずである。

他者との付き合いは淡く

人間関係というのは、のっぴきならない状態で始まるものなのである。親子の関係もそうだ。娘や息子も、親を選んで生まれて来たわけではない。同様に親も、服を買う時のように好みの赤ん坊を選ぶわけではない。それを思うと、親子の関係というものは、実に複雑な情況を与えて、人間を鍛えてくれる。

普通の親子は、お互いに相手を捨てるわけに行かないのだ。だから最近の親殺し・子殺しを見ていると、親を殺すほど嫌いなら、なぜ捨てなかったのか、と思う時は多い。

昔まだローティーンだった頃、私は父との暮らしに耐えかねて、家を出ようかと思ったことがあった。終戦前のことだ。しかし小学生か中学一年生だった私には、家を出ても生きられそうな場はなかった。児童福祉法というものが制定されたのは一九四七年のことだというから、親も家も失った孤児が戦中戦後の焼け跡生活の中で、浮浪児と呼ばれながら野良犬のような生活をしたのも自然だったのだ、と今になってわかる。

現代の人たちは、子供が空き家の軒下とか土管の中に寝ていることなど想像できないらしいし、もしそんなことになっていたら、必ず行政が保護するでしょうなどと、甘いことを言う。しかし改めて言うが、戦前の日本には、生活保護（一九四六年に旧生活保護法が制定され、一九五〇年に改正されたという）だの児童相談所だのというものは、世間の一般市民の知識の範囲にはなかったのだ。

その代わり、村のお金持ち、親戚の人、親切な知り合いが、困っている人を助ける、というごく自然な人間関係が、今よりはっきりと機能していた。今は、個人が他人の困窮者の生活を見るなどということは皆無になった。

小学校六年生の自分が生きられれば、私は家出をしたかもしれないのだ。自分の家が暮らしにくいと、家を出るのも踏ん切りがつく。しかし今の時代に、ひきこもって親と争っている「子供・大供」たちは、自分の家が住みいい場所なので、どこへも出て行けなくて、ただ家で親と争っている。何しろ住まいは冷暖房完備、銭湯にも行く必要のない浴室のある家の個室、多くの場合母親が調理人兼洗濯婦で、三食とランドリー・サービスつき、しかも滞在費はただとなると、どこへも出て行く理由がない。そういう点も私は気の毒でたまらない。

もちろんどの時代にも、将来の読めない人というのはいるのだが、人を殺したら、何としても元には戻らない。他人から預った大金をなくしても、その気になれば一生かかって償えるだろうが、人の命だけは元に戻せない。だから、人と自分を殺すことだけはしない方がいいのだ、とはっきり思ったことがないらしい。それでいて、けっこう上等の大学を出ているのである。

私は家を出ても生きて行ける自信がなかったから、家出もしなかった。実に計算高い子だったということになる。でもそのおかげで、今ではすべての愚行、愚考を思い出して笑える。私はいつも「凡庸に生きる道」を採ったのだ。他人をあまり困らせないためであったが、それはかなり大切なことだったのではないか、と思っている。

さらに私にはもう一つ選択の基準があった。「あんまり芝居がかったことはしたくない」という思いである。そういう劇的なことは、名流の家族か、絶世の美女の女優さんか、とにかく人の噂になってもそれなりに合うような人たちでなければならず、庶民は、普通で平凡で目立たないことこそいいと思い込んでいたのである。

他者との付き合いは、淡いのがいい、と私は思って生きて来た。小説家としては、好きな相手と「血まみれ」になりそうな葛藤もしてみたいと思う。しかし大方の世間は、小説家のエキセントリックな世界とは縁がないのだから、そんな心理を持ち込まれたら迷惑な限りだろうと、ブレーキがかかるのである。

私は自分の身の上話をするのも、他人から身の上話を聞くのも、好きではなかった。相手の暮らしにどこまで立ち入っていいのかわからない。私は人が身の上話をしだすと、上の空であまりよく聞かない癖があった。「私ね、あの人にいろいろ相談されたんだけど」と得意気に言う女は世間によくいるのだが、私はそういう姿勢が好きではなかったのだ。せっかく相談しようと思ったのに、よく聞いてくれなかったと怒られたのは、生涯でたった一度だけだ。

その代わり自分のことも言わない。おもしろくもない話を相手に聞かせることになると思うと申しわけなくて、とうていそんなことはできない。第一、私のことなんか知りたがる人なんてまずあまりいないのだから、いい気になるな、と若い時から自分に言い聞かせているのである。

アウレリウスの八カ条

しかし、世間はもっと情熱に溢れている。自分の生きる状況、自分の公明正大さ、自分の優しさ、配慮に溢れた心情に自信をもち、それを他人にも語り続ける人は多い。多くの場合それは、身近な人の狡《ずる》さ、怠慢、図々しさ、頭の悪さ、自分への忘恩的態度などへの告発という形と裏腹の関係になっている。そしてそういう情熱にかられている人ほど、元気に見えるのはどうしたことだろう。

私はここ数年、誰が羨ましいと言って、元気な人に時々嫉妬を感じている。私自身が元気だと思ってくれている人はいるのだが、実はそんなことはないのだ。私はほとんど毎朝のように体中が痛い。両方の足首を骨折してから時々こういうことが起きるようになった。しかし世間には、便利な薬があって、それを一錠飲みさえすれば、痛みは約三十分で治まる。その間に私が立ち働けば、それが運動になって私の痛みは消える。だからその後の時間に会った人は、私が年のわりには元気だと言ってくれる。

心理的にも、元気ではない。私はずっと昔から性格的に元気ではないのである。その証拠に、私でもことの成り行きには関心があるのだが、ますます自分の好みとは違う方向に世の中が動いても、大して違わない、と考えるようになった。

しかし世間はそうではない。自分の娘が、婿の母親が、孫娘が、会社の上役や同僚が、長年の親友だと思っていた人が、隣家の主婦が、クラス委員をしている人が、どんな裏切りに近い行為をしたかということに、怒りがおさまらないのである。そして多くの場合、その怒りは、近年流行の正義の情熱に裏打ちされているから、ますますテンションは高くなる。個人的な怒りではないのだ。これは神も仏も、社会も全世界も、許さないような不正な行為だと思うのである。

その怒りが、生きる気力になっている人を、私はよく見かける。少し羨ましく、少し気の毒だ。気の毒だという感情は、「さぞかし疲れるだろうなあ」という余計なお世話に結びついているからだ。しかし他人が疲れることに同情するというのは、もっとも愚かしいお節介である。エベレストに登る人は疲れるに決まっているが、それが彼の目的の一つに含まれているからだ。全く疲れずにエベレストに登ったら、それは恐らく現実の登山ではなく、ヴァーチャル・リアリティに属する架空の体験であって、登山家の自負心とも名誉とも全く結びつかないものだからである。

そこで私は、いささかは自分の生き方の方向付けをしなければならなくなっていた。

何歳の時だったか忘れたが、多分三十代だと思う。私はマルクス・アウレリウスの『自省録』を読んでほんとうに驚いたのである。そこに書いてあることは、ほとんど私が感じていることと、そっくりだったのだ。

「かかる者が生きるにさいし、そのもっとも偉大な点といえるのは、ものごとを追いも避けもせずに済ますということであろう」

とアウレリウスは書いている。

「されば、人生において、わずかなことのみを身に確保し、自余のことはすべて放下《ほうげ》すべし。なお、あわせて以下のことを心に銘記せよ。

ひとはすべて、現在の、この束の間ともいうべき生のみを生きるものであることを。それ以外は、すでに生き終えてしまったこと、ないしは、いまだ明らかならぬ不確定のことである。しかり、ひとだれもが生きる生は短く、彼の生きる場所もまた、この大地のうち、一隅にすぎぬ微小なものである。死後の名声とて、よし比類なき命脈を保つとも、畢竟《ひっきょう》、短いものである」

などといわなくても、私たちの生涯はすぐに忘れ去られる。ありがたいことだ。人は死の日から着実に、忘れ去られるという確固たる目的に向かって歩く旅に出る。世界の科学者たちが、宇宙空間を、打ち上げた衛星の破片だらけにして、一向に掃除を考えなかったのとは違う（もっとも最近は清掃をしようという計画も出てきているようだが）。私たちの存在は、死によって、自然に爽やかな清浄と無に向かって歩き出すことができる。

それで、こうしたことをきわめて私らしい普通の言葉で言えば、私は人生で一番有効な人間関係を見つけたと自分に言い聞かせることにしている。それは、あらゆる人間関係は、それがうまくいかなかった時には、諦めることなのだ。

もちろんいささかの修復に向かって働くことは義務かもしれない。或いは、明らかに間違っている事実で相手に名誉を傷つけられたら、素早く訴えて裁判に持ち込むのも一つの方法かもしれない。しかしそれらが効果的に働くだろうと期待することは、多くの場合思い違いである。

相手の非を衝《つ》いて思いなおさせること。自分の行動の真意を理解させること。自分は相手のことを考えているとわからせること。そうしたことを一切、初めから諦めることの方が私にとっては、自分の人間性を保ち、穏やかな気持で生きられることを見つけたのである。友達に誤解されることも、身内の誰かと意思が通じないことも、最初から諦めてしまえば、どうということはない。それによって「自分自身の魂の中にまさる平和な閑寂《かんじゃく》な隠家を見出すことはできない」とアウレリウスが言うほどではないにしても、私は他者との抗争から逃げ出すことで、大海原の荒波に身を委ねるような思いをしなくて済んだことが多かったのである。

アウレリウスは心の平安を保つ本質的な八カ条を用意しているというがそれには次のようなものが含まれる。

○すべては宇宙の自然に従って起きる。
○過ちは他人の犯したものである。
○すべて起こってくることは、いつでもそのように起こったのだし、将来も起こるだろうし、現在も至るところで起こっている。

○すべては主観に過ぎない。
○各自が生きるのは現在であり、失うのも現在のみである。
私の知人に一人、きわめて寛大だと思われている人がいる。誰がどんな失敗をしても、鋭く咎めたりしない。他人がしでかした間違いの尻拭いは、さっさと自分でしてしまう。

或る時「お優しいんですね」と私が言うと彼は答えた。

「いや僕は冷たいんですよ。人に全く期待していないんです。たいていの人が最初から、僕の期待しているようにはできないだろう、と思っているから、失敗しても、そんなもんだろう、と思う。それで埋め合わせは自分でやるからそれでいい」

期待しない、と、諦める、は同じではないような気がする。行動に時差があるのだ。

しかしこういう人を好くかどうかはまた別問題だ。


（マルクス・アウレリウスの著作の翻訳は、中央公論社版『世界の名著13』鈴木照雄訳、岩波書店版『マルクス・アウレリウス「自省録」――精神の城塞』荻野弘之著を参考にしました）

第十一話　世にはいろいろな親切の形がある

世界一格差のない社会

人間関係は、複雑なものばかりではない。むしろ普通の場合、他人との接触は、「××駅はどっちですか?」というふうに道を尋ねるとか、「大根はありますか?」というような簡単な質問とそれに対する返答のやりとりの範囲に留まる。

私は五十歳になる直前に受けた眼科手術の結果、生まれつきの強度近視という桎梏《しっこく》から解き放されて外界が見えるようになった時から、思いがけずアラブやアフリカに度々出かけるようになった。これは偶然か故意か、私の深層心理の追求だったのか、今でも私にはわからないのだが、私は意識的に、そちらの方角に行ったという自覚がない。私の記憶では、周囲の状況が次から次へとそちらの方向に向けて私を放ったという感じなのだ。

むしろ若い時、私はアフリカに深入りするのだけはやめようとはっきり思ったことはある。その理由は、あの広大な土地の文化など、たとえ若いうちに学び始めたとしても、生きているうちに一通りにせよ理解するのはとうてい無理だと知っていたからだし、私は自分が学者の性格に向いていないという自覚もあったからだった。

しかしそれにもかかわらず、ことはアフリカに向いて動いて行った。一九七二年に始めた海外邦人宣教者活動援助後援会での主な援助先は、初めはアジア、次に南米だったが、次第にアフリカ諸国に向かうようになると、私はそのお金が確実に現地で使われたという確認をするために、始終アフリカへ行かなければならなくなった。

日本人の神父と修道女で、アフリカで働いている人は、二〇一二年末の統計で二十三人いる。私の素人の実感でも、世界でもっとも厳しい貧困を示すのはアフリカ大陸で、地中海に面するマグレブと呼ばれる数カ国を除くと、その貧しさは日本人の想像を絶したものだから、宣教師たちが働く場として、真っ先に挙げられるのである。

そしてそれらの世界を知ると、現在日本人を苦しめているのは経済的な格差だなどという発想はどこから来たのだろう、と煩悶するのである。

日本人はどんなに貧しい人でも、電気、水道、テレビ、電話、医療、基礎教育などの恩恵を受けている。安いか、ただ同様の権利を利用して、便利な電車にもバスにも乗れる。そんなことはアフリカでは全くあり得ない贅沢であり、恩恵なのだ。

ブラジルの人に、「ブラジルには、生活保護がありますか？」と聞いたら、「そんなものはありませんよ」という。「じゃ、貧しい人はどうして暮らしているの？　親戚が見てるの？　それとも友人が恵むの？」と聞くと、「さあ、どうしてるんでしょう」という程度の答えしか返って来ない。貧しい人の周辺には、優しい人もいれば、そんな相手にかまっていられるかと思う人もいる、というだけのことだろう。

「生活保護とか、児童手当とかはあるの？」

と聞いたら、

「そんなことをしたら、ブラジル人は毎年、別な男の人の子を生みますよ」

という答えは、どうやら私をわざと少し混乱させるためのようでもあった。

日本は世界一格差のない、しかも豊かな社会なのである。しかし、格差があると言う方が現在の先進国では、人道主義者に聞こえるから、多分そういう人が多いのだろう。

今のところ、格差がひどいという人は、世界を知らないか、人道主義者ぶりたい人かどちらかだということが瞬時にはっきりするから、私にとっては便利な設問なのだが、そういう人たちのエセ人道主義の間違った知識を信じる日本人が出ると少し困る、と思うことは時々ある。

「知りません」という誠実さ

今回、私が書きたいことの中心は、人道上の問題などではない。きわめて単純な人間の会話にさえ、正当な返事が与えられるという僥倖《ぎょうこう》はめったに期待できない、という体験である。

先頃、ひさしぶりでシンガポールに行き、薬や食料品の売り場に立ち寄った。買いたいものを訊くと、「そういうものはない」ときっぱり答える。その言葉を信じて帰りそうになったら、傍にいたお客さんが「ここにあるわよ」と教えてくれたことさえある。

こういう時、昔の日本人の店員なら、自分の不勉強に恥ずかしそうな顔をしたものだが、シンガポールの店員は平気である。もっとも日本のデパートも、最近はシンガポール並になった。自分の持ち場の真後で売っている品物も知らなかったことを別に恥じたりしない。

しかし世界的にこの手の質問にたいする答えは、後がもっと難儀だ。

「郵便局（もしくは警察）はどこですか？」

という質問をすると、私の大雑把な印象では、インドからアフリカ大陸のほとんどあらゆる土地で、人は必ず教えてくれるのである。もっとも全く言葉が通じない土地ではだめだが。しかし指差してくれるその方向が、必ずしも正しいとは限らない。警官や兵士を選んで尋ねても、その答えは同じ程度に間違っている。

日本人は道を尋ねられるとよく、「さあ、わかりません」と答える。いつか「国道二四六号線に出るには、どっちの方向へ行ったらいいでしょうか？」と聞くと、私と同じくらいの年頃のおばさんが、「さあ、知りませんねぇ」と答えたのだ。次には誰に聞いたらいいかと思いつつ、私は当てどなく歩き出したのだが、ほんの一、二分も行かないうちに、偶然車の騒音に渦巻く二四六号線が見えたのである。私はつまり二側か三側裏の道にいて、場所が分からなかっただけなのである。

百メートルも離れていない所に住んでいながら、有名な二四六号線も知らないなんて、いったいどういう人だ、と私は憤慨する。だから「女のおばさん」はだめなんだ、と自分も立派にその一人であることを忘れかける。

日本の警官だってそうだ。ヘルメットをかぶって銀座の街角に立っているから、有名な老舗の名を挙げて「どっちの方向でしたっけ?」と聞くと、「すみません、知りません。自分は鹿児島県警から応援に来たものですから」とかわいらしい返事であった。ほんとうに、立ちんぼの警備なんかするより、銀ブラをさせてあげたい、と思ったものだ。

しかしこの場合も日本人の警官は、「知りません」と言うことを一つの誠実と考える。しかし世界中でおまわりさんは嘘をつかないことが常識だなどと思ったらやって行けない。おまわりさんも嘘をつき、相手かまわず金をねだる国はいくらでもある。「知ったかぶりはだめよ」と日本の親も子供をしつける。こちらも正直でいいと思う。しかしこういう価値観に馴れた日本人は、外国ではあまり使えない。

私は学者ではないから、厳密であるべき責任も回避して、荒っぽい体験談を語りたいのだが（つまりそれは私の言うことを信用してもらわなくてもいいということでもあるが）、インドからアフリカ大陸まで、道を聞いたらその辺の人はたいていの場合まちがいなく教える。「ポストオフィス」とか「ポリスステーション」とかいう言葉は多くの人が理解しているから、答えは指で示してもらえば方角はわかるというものだ。

ところが、道を教えた人が、道を知っていて教えるという保証はどこにもない。彼らの多くは知らなくても教えるのである。右へ行けと言われたからその通りにしてみると、どこまで行っても郵便局が見つからない場合、その日本人は怒って教えた人物の許へ戻り、「お前、でたらめを言うんじゃないぞ。郵便局なんてないじゃないか。町並そのものが消えたぞ」と言ったところで、その男は反省するどころか、「じゃ、あっちだ」と全く反対側を示すだけである。

その辺のご隠居みたいな爺さんに聞いたから間違いだったのだ、とわれわれは反省し、次回からは無駄足をしないように正しい情報を得ようとして、地図の読み方なども訓練されているに違いないということで、兵隊か警官を探して同じ質問をする。ところが、彼らもまた同じ程度にでたらめを答えるのである。

「どうして知らないことを答えるんですか?」

と土地通に尋ねると、つまり彼らの社会では、正しくても正しくなくても、答えるということが他者への親切の第一歩だというのである。日本人のように「知りません」などと答えることほど、よそ者に冷たいことはない、と考えるのだ。

不正確でも教える優しさ

一九八三年、スエズ運河に川底トンネルが通るようになった年に、私は知人たちと、カイロからシナイ半島の調査に行った。後一月ほどでトンネルは正式に開通するという時で、行きにはまだフェリーを使って車を渡した。ところが帰り道になると、土地通の知人の一人が、「帰りにはトンネルを通らしてもらいますか」と呟いたのである。

「でもまだ開通していないわけでしょう」

と私が日本人風に律儀に言うと、その人は、

「でもトンネルそのものはもう完成してるでしょうからね」

と事も無げに言う。

それは当然の話だ。日本のトンネルだって、鉄道の場合なら、貫通したトンネルに敷かれた軌道の上を、機関車の恰好に似せた突起物を付けたダミーを何度も通して、万が一にもトンネルと機関車の接触する部分がありはしないか念入りに検査するのに、一定の日時がかかる。

トンネルに通じる道は、幹線道路から畑の中を曲がる支線としてできていた。進入の個所にはまだバーが降りていて、遠くにエジプトの長着を着て、頭に頭巾を巻いた男が番人のように立っていた。知人が土地の言葉で何か言うと、男もどなり返したが、やがてこちらに向かって歩いて来ると、バーを上げた。

「何て言ったんです?」

と私は怪訝《けげん》に思いながら尋ねた。

「『通してくれ』と言ったら、『今日はまだだめだ』と言うんですよ。『どうしてだ』って訊いたら、『司令官がいないから通せない』と言いましたからね。『司令官がいないならちょうどいいじゃないか』って僕がいい返したら『それもそうだな』と言って通してもらえることになったんですよ」

なぁるほど、と私はまた一つ利口になったような気分になった。だめだと言われて素直に引き返すような気の弱いことでは、日本以外の土地では、外交から庶民生活まで必ず遅れを取るのである。もちろんこの番人は、我々から少し賄賂をもらうのを目当てに通したのである。

トンネルの入り口近くの広場に着くと、そこには私たちのようなズルをした車が十台近く待っていた。トンネルの工事現場は車列を組ませてから通すつもりらしかった。

私たちの車の前には、イギリスから来た小ぶりのトラックに、かみさんと子供数人、犬までを乗せた白人の一家がいた。私の知人は悠々と車から降り、そのイギリス人の男と立ち話を始めた。

どこへ行くのかと知人が訊くと、サングラスにバミューダのイギリス人は、スーダンに行くつもりだ、と答えていた。

「それは楽しい旅行になるでしょう」

と知人は洗練された口調で答えた。しかしそれを助手席に座ったまま聞いていた私はたまげたのである。

かねがねこの知人は、「僕は世界中どこへでも行きます。スーダン以外なら」と言うほど、スーダンでひどい目に遭ったことがあるらしいのである。彼の体験した苛酷なスーダンは、いつごろのことなのか、その頃はどんな社会的情勢だったのか、或いは個人的に病気をしたような辛い体験があったのか、私は聞いたこともないのだが、とにかく彼がもっとも行くのを避けようとしている場所にこのイギリス人は行こうとしているのであった。それに対して臆面もなく、「楽しい旅行になるでしょう」もないものだ、と私は思ったのである。

やがてズルをした自動車の隊列が少しずつ動き出した時、知人も運転席に戻って来たので、私は尋ねた。

「あなたは以前から、スーダン以外なら、どこへでも行きます、と言っていたでしょう？　スーダンは大変な所だと言ってあげればよかったのに」

「アフリカでは、そこへ行くまで、楽しい夢を持たせるのが礼儀なんです」

私はその時、新たな世界をかいま見たのだ。そうだ、ここはアフリカなんだ、と私は自分にいい聞かせた。

「それに今僕が、スーダンはひどいところだから行くのはよした方がいい、と言ったところで、あの意志強固なイギリス人が、行くのをやめますか？　それなら目的地に到達するまで、せめて幸福な期待をし続けていた方がいいんです」

ほんとうにそうだ、と私は思った。イギリス人自身、がっちりした体格の眼鏡をかけた彼の奥さん、子供たちと犬、全員がスーダンに行くと決めて国を出たらしい様子は、よそ者にも感じられる。装備は、決して甘いものではなさそうだった。トラックの車高も高いし、洗濯物を吊るすつもりらしい紐も張ってあるし、予備のタイヤも数本積んでいる。物見遊山の観光客の旅装ではない。

世の中にはいろいろな形の親切がある。親切と言って悪ければ、刻々に変わる状況に対応しなければならない覚悟がいる。日本人のような単純な親切が、決して世界的に通用するものではないことを、私は何年かのアフリカとの付き合いの中で既に学んで来たはずだ。

道を聞かれたら、とにかく不正確でも教えるという親切は、アフリカの全ての土地で見られる。日本人はそれを、嘘を教えたと解釈する。そしてそういうでたらめを言って、大人ならチップ、子供なら小遣い稼ぎをしたと言って怒る。しかし彼らにとっては、それが長い年月、祖先たちが取って来た優しさの形なのだから、日本人が何で怒ったのか、全く理解できないだろう。

「すぐそこだ」という言葉を信じて土地の人について行ったら、一時間以上かかり、不安と不信とでくたくたになった日本人もいる。どこかへ連れて行かれるのではないかという不安や、必ず手に入るという水が結局はなくて、餓え死にするのではないかという恐れなど、その間の心労は後々まで語り種《ぐさ》になるほどだったという。

日本人にすれば、「すぐそこ」は一、二分か、せいぜいで五分くらいで着く場所だ。しかし考えてみると、一人の人間の生涯の前では、一時間くらい「すぐ」だというべきだろう。そしてそれに耐えられない人間は、生きるに値しない弱い精神の人物だと考えられても、決して不当ではないのかもしれない。

第十二話　会話は人間であることの測定器

「寅さん」に恐怖する

山田洋次監督の「男はつらいよ」シリーズのファンは多いが、私は逆にあの手の映画を娯楽として楽しめなかった。実はたった一本見たことがあるのだが、その時、体を硬くして見ていて辛くなったので、筋もよく覚えていないから、批評もできないのだ。

理由は私の精神が幼稚だからなのである。子供が、いわゆる子供だましのような妖怪映画などで恐怖に駆られ、スクリーンやテレビの画像の前で両手で眼を覆ったり、夜中にトイレに行けなくなったりするのと同じくらいの愚かさで、私はあの筋を人ごととは思えなかったのだ。自分にもしあの寅さんのような兄がいたらどうしただろうか、と私は映画を見ている間中、少しも楽しめなかった。

こういう私の心理に対して、まじめな答えを出そうとすれば、それは私が幼い時からいびつな家庭に育ったので、どんな変わった家庭生活でも、そこには必ずどこかにほのぼのとして捨てがたい懐かしさがあるものだ、などという甘い見方をとうてい受け付けられなかったからだろう。極度に変わった性格の家族が一人いることはそれだけで家庭が地獄のようなものになる。いくら心の底では悪くない人だとわかってはいても、その人の存在に疲れ果てて、少なくとも同じような要素を持つ映画を、娯楽として見る気にはとうていならないものなのである。

人間は誰でも多かれ少なかれ、他人だか家族だかのお荷物になっているものである。私の場合は、何十年と締め切りのある小説を書く仕事をしてきたので、身の回りの雑事を、今日中に片づけるということができない場合がよくあった。つまり六十年近く、仕事優先の生活をしてきたのだ。仕事にはすべて優先順位というものが必要だし、必要でなくても自然に順位ができるものだ、と私は思う。

私にとって書くことは常に最優先だった。それは社会との契約だったから仕方がないと思ったのである。締め切りというものは、日単位ではなく、時間で決められる場合も多い。今日の夕方五時までには原稿をくださいと言われると、他のすべてのことは後回しになる。すると見るに見かねて、手伝いの人が身の回りの片づけをやってくれる。私の好みとしては、朝起きたら身辺くらいは自分できれいに片づけたいのだが、それがそうもいかない。むしろ私はかなりだらしない家族の一員だった面もある。

世間にはあちこちに変わり者はいるのだが、それが主観となると、自分はかなりまともな人間だと思っている人が多くなる。小説家などという人種には、ほとんど一人も常識的な人物はいないだろうと思うのだが、それでも今までの人生で、明らかな窃盗、放火、詐欺などはしなかったのだから、自分はまあ善良な市民の範疇に入れてもらって当然だ、と考えるのである。

現に最近のテレビでは、ドラマの筋も会話もあまりにも幼稚になってきて、典型的すぎる「悪人」以外は、皆が善良な人物ばかりになってしまった。いい人のお話さえ放送しておけば、社会から文句を言われることがないからテレビ局も安心なのである。その、いい人がいい人であることを証明するためだけに悪い人も登場させている。だから退屈なのだ。

視聴者の中には私のように図式的なドラマにうんざりしてきて、もはやほとんど見ないという人もけっこういるらしい。大人というものは、もっと会話にも心理にも、時には行動にも、悪の要素を含むものだ。ドラマというドラマが、すべて子ども向きのウエハースか胃腸の弱い人向きのお麩《ふ》の煮物みたいな無難な歯応えのものになると、全く面白みがない。その反動でノン・フィクションなら、まあ大人が見るに耐える程度の悪の味も残っていると感じられるものが多くなる。だから「○○警察24時」とか「万引き常習犯との闘い」とでも言うべき番組の方がずっとおもしろくなったのである。番組の中で捕まる被疑者や万引き現行犯をまず自分と引き比べ、あそこまで自分は堕落していないからまだ大丈夫だ、しかしあんな人間が家族の中にいたら、さぞかし大変だろう、などと自分に甘く考えているのである。

犯罪の直前まで行く人は、つまりは弱い人なのだ、というのが世間の常識である。「寅さん」も根は優しい気のいい人物だと思われているらしい。だから皆彼に困らされながらも、結果的には許してしまう。しかし現実に「寅さん」がうちにいたら、私は「寅さん」がふらりと家を出て行ってくれる前に、私自身が家出するだろう、と思うくらい怖い。

心理的荒野を彷徨う人々

昔、必要があって精神疾患のことを独学で学んだ時、「ボーダーライン・ケース」というものの存在がよくわかった。精神病だけでなく、最近はいろいろな病気にボーダーライン・ケースというものがあるらしい。そして知れば知るほど、多くの人が明らかな犯罪者でも病人でもないのだが、それに限りなく近い心理的荒野を彷徨《さまよ》っているらしいということがこの頃よくわかるようになってきた。

常識も良識も充分にあると思われるすてきな奥さんと、私の知人がいっしょに昼ご飯を食べにお蕎麦屋に入った。私の知人は蕎麦屋に入れば「鍋焼きうどん」を食べることにしているという。あの中に入っている具を個人の家ではあれだけ揃えられないし、私たちの子供時代は、鍋焼きうどんを食べさせてもらうことは一種の贅沢だったからだ。

そのすてきな奥さんは外国生活も長く、何より美人だったので、人から大切に扱われて我が儘を言うことに馴れている人だった。世間の男たちは、美人に弱いから、私はこれが好きなの、とか、こんなものが入っていたら食べられないわ、と言われれば、どんなことでも希望を叶えようという気になるらしい。

私の知人が鍋焼きうどんを注文すると、その美人は「私も」と言ってから、「何と何が入っているの？」と注文取りの娘に聞いた。

「エビのてんぷらが入ってます」

とその店員は答えたに違いない。するとこの美人は「あ、私、エビのてんぷらは食べないの」と言った。ほかにも何か二つほど嫌いなものがあり、彼女がそれらを入れないようにと店員に言うと、店員はそういう客はめったにいないので当惑の色を示した。何しろエビ天が、鍋焼きうどんの目玉なのだと昔から決まっているのだから、そのエビ天を入れるな、と言われただけで何が何だかわからなくなったのであろう。

私の知人はその様子を黙ってみていて、結局何も言わなかった。いくら外国生活が長いと言っても、鍋焼きうどんに何が入っているか日本人なら知らないことはないだろうに、と思ったという。そもそもエビ天が嫌いなら、最初から鍋焼きうどんなど頼まないで、キツネにするとか、いっそのこと素うどんにすればば安くていいのに、と考えているうちに、めんどうくさくなって口をききたくなくなってきたのだという。

この美女みたいな人は厳密な性格で、化学の実験などをやらせるにはむしろ向いているのではないか、と私は思うのだが、いっしょに暮らすにはかなり心理的な重荷になる人でもあろう。世間というものは、決して思い通りにはならないものだ、という程度の基本的認識があれば、決してこんなややこしい注文は出さないものなのだ。嫌いな食べ物が出てきたら諦めて残すか、最初から無難であることを第一にして素うどんを取るか、どちらかなのである。

その点、私は最初から、人間は毎食理想通りのものを食べられるわけがない、と思っていたから、飢えない程度に何か食物が与えられればいい、と思うたちであった。清潔で、適当な値段で、満腹になりさえすればいい。世界に貧民がたくさんいることを思うと文句は言えない。

最初に言うべきであったが、レストランなどへ行って、注文をする時、人間の性格と生活はかなりよく出るものである。食物にほとんど関心のない人は、性的な関係に執着する人だという説も作家仲間から聞いたことがある。

気の毒なのは、糖尿病と慢性の肝臓病と両方をわずらっている人である。メニューはなかなか決まらない。糖尿病はカロリーを節しなくてはならず、肝臓病は「栄養満点」なものでなければならないから、どちらに重きを置いて注文を出すべきかこれまた深刻に思い悩む。どちらの病気にいいものを注文すべきかで、毎回うんと迷うらしい。ギリシャ神話に人間のこういう悩みを描いた話があってもいいのではないかと思うが、私は不勉強でまだ知らない。

現実も表現も千差万別

これも私の知人の話だ。

中年の男性が突然彼女の家にやってきた。食事時だったのに、急に支度もできないので、彼女はその男性に聞いた。

「何か近くの店から簡単なものをお取りして皆で頂こうと思いますが、お嫌いなものがありますでしょうか?」

「いえいえ、僕は何でも大好きです」

というのがその答えだった。

それで……と彼女は考えた。蕎麦屋の出前もある。最近では釜飯も持って来てくれる。お鮨もラーメンも取れる。しかし、子供たちに評判のいいピザ屋が最近開店したばかりで、今売り出し大サービスをしている。熱々のフライドポテトもキャベツのコールスローも付けてくるから、その方がお鮨より栄養がかたよらなくていいかもしれない。

ところがピザが運ばれて来てみると、その客はほとんど食べなかった。

「お体、お悪いんですか?」

と彼女は心配になって聞いてみた。

「いや、そんなことはありません。ただ私は小麦粉で作った、つまりパンとか麺のものはあまり食べないものですから」

耳を疑ったという。だから注文をする前に聞いたではないか。

つまり彼は日本人によくある嗜好で、ご飯ものが好きなのである。それならそうとはっきりと言えば、それこそお鮨にもできたし、駅前のおにぎり屋でしゃれたおにぎりも売っているから、それにお味噌汁でもつければよかった、と私の知人の後悔は尽きなかった。

相手はどういう心理なのだろう。ちゃんと聞いているように見えるのに、まともな返事をしていない。返事に失敗することはよくあることだから、その時は、それを糊塗するくらいの大人の配慮があってもいいものだろうに、それもできない。

耳が悪くて、実は質問を正確に聞きとれてはいなかったのではないか、と私は思う。しかし小さなことだが、率直さに欠けるというのもやはりめんどうくさいことだ。この人の場合は、たまたま訪ねて行った家だけに少し迷惑をかけただけで済んだのだが、聞こえなかったら「私は最近耳が遠くなりまして……」と言って何度でも聞き直せばいいことだ。高齢社会には、耳の遠い人もこれまたいくらでもいるようになっているのだろうから。

これも私の知人の話だが、その人もやはりおもしろい女性に会った。食事の好みを聞くと、

「何でも頂くわよ」

と彼女が言ってくれたので、彼は彼女を鮨屋に誘った。

「今日はサバのおいしいのがあります。時期ですし……」

と言われたので、

「いかがです？」

と彼女に言ってみると、

「私サバは頂かないの」

とあっさり言われてしまった。

サバに当たるのを恐れている人は世間にけっこう多いから、彼は気にしなかった。

「ミル貝はいかがです？」

と鮨屋が言った。

「私、あれはだめなの。何だかぬるぬるしてて気持悪いでしょ」

「何なら召し上がれます？」

「そうね。アジと卵焼きとヒラメとタイは、頂くわ」

「アナゴはどうです？」

甘いし、生ものではないからいいのではないか、と彼は考えたのだという。しかし彼女は、最高に気持の悪いものを勧められたというふうに首を振った。

「シャコとアナゴとエビだけは絶対だめ。あれ、人間の肉も食べるんですってよ」

まあ広い海の中です。溺死体を食べたことも、何かのきっかけではあるかもしれませんが、いつもいつも人の肉を食べて育っているわけじゃないでしょう、と言いそうになって彼は黙った。彼は、相手の嗜好調査をしているだけで疲れて来てしまったのである。ほっておいて自分だけどんどん注文して食べた。それはきわめて正しいやり方だったと思う、と私は彼に言った。人間は誰でも鮨を食べたかったら、人に注文させていないで、それなりに自分で努力をすべきなのだ。

たかがご飯に何を食べるか、ということを聞いただけでも、これほどに現実も表現も千差万別なのだ。それ以来私は、人と人とが小さなことであろうと大きな問題であろうと語り合って真剣に意見を交換し理解を深めるなどということはほぼ不可能なことなのだ、とやや思い諦めた感がある。

老夫婦がこたつに向かいあって食事を摂《と》る光景はよくあるものだ。二人がどれだけ年を取っているかを計るものは、外見や年齢ではない。二人がどれだけ会話をするかということでわかる。

八十歳、九十歳になると、ほとんどの老人が何も喋らない。会話という形で新しい驚きや発見を語り合う種もないのと、社会生活がなくなっているから改めて打ち合わせをしておかねばならないようなこともなくなったからだ。だから私は食卓では、できるだけ喋るようにしている。くだらないことならできるだけくだらなく、くだらなくても興味を持ち、くだらないと認識しつつ喋ることが大切だと感じている。それができなければ、老いぼれなのである。

喋らなければ会話で行き違いを生じることもないのだが、会話は人間であることの計測器だとしみじみ思う。うまく喋れない人、会話を大切に思わない人、怒りながら喋る人、自分が喋る相手の心をほとんど推測しようとしない人は、皆気の毒だ。

とにかく、かつて私は寅さんに疲れた。しかし最近では、こうした会話の行き違いのおもしろさを、困りながら少し楽しんでいられる。年を取って体力がなくなったのでいい加減になったのか、(あり得ることではないが)精神が若返ったのか、どちらにしてもなるようになったのだろう。

第十三話　痛みは決して分かち合えない

「愛は礼を失せず」

老年になったらなったで、若い時は若いなりに、どうしても理由なくうまく解決しない心の状態というものがあると、このごろよくわかるようになった。

一般論になるが、若い時は背伸びが好きである。少しでも自分をよく見せようとして取り繕うことが多い。当然だろう。人生というものがまだよく見えていないのだから、たえず自分に怯えて攻撃的になることが、背伸びの実態なのである。

ところが老年になると、足腰が不自由になって、現実問題として背伸びをしようにも、背中が曲がるだけになる。年寄り風に見えたくなかったら、背中を伸ばして歩けばいいのだ。それが一番お金がかからなくて、年寄りに見えない方法である。それには骨密度というものが高くなければいけないのだという。それも比較的簡単な話で、昔ながらのお惣菜を食べて、甘いものにはあまり手を出さず、総じて粗食を心がけたらいいというのだから楽なものだ。私は昔から甘いものより塩がおいしいと思うたちで、お菓子代りにメザシを齧っていたのだから、まだそんな理論を知る前に、体にいい食事をしていたことになる。今の人たちは美容には熱心な割に、若い時からダイエットをするから、年を取ると早々と髪や歯が抜け、骨が弱くなりもするのだろうが、そういう未来は、若い時にはまず想像できないものなのである。

私は昔から身なりをかまうのが面倒くさくて、「これでいいや、人は他人のことなんかあんまり見てないものだから」と思うことにしていた。多くの場合、それがほんとうだったが、時々、とにかく相手の服装しか見ていない女性に会うと、その時だけは、少し考えを改めるべきかと思うこともあった。

私のように人からよく見られることを、あまり意味がないという理由だけで放棄するのもいけないのだが、自分はたった一人、後はすべて他人という社会の中で、自分をどう位置づけていくかということは、実にむずかしいことである。

いつも自分は美しくて重要人物で、世間も自分に深く関心を持ってくれるだろう、などと思うのもうっとうしい姿勢だが、自分はどう振る舞っても不作法をしても、世間はそんなことは見てもいないだろう、とするのも、怠惰すぎる話かもしれない。

面白いことに、聖書は、他人に不作法をしないことを、愛の一つの姿勢だと位置づけている。「コリントの信徒への手紙一　十三章」にそのことがたった一言触れられているのを知った時、私は真実驚いたのである。

「(愛は) 礼を失せず (十三・五)」という一言だ。

神は常に真実を知っていらっしゃるものだから、人間は自分を飾る必要はない、他人の眼を気にすることはない、というのがそれまでの私の基準であった。ところが神は、人間同士の愛のあるべき姿の中で「礼儀を失わないこと」を望まれるというのである。

何度も書いていることだが、私は料理は好きだが、手抜き料理を得意とした。いい加減に素早く作るのである。それと同じ姿勢で、人と会う時や外出する時には、髪を五回くらいは梳《くしけず》るのは致し方ない、と考えていた。実際、私の髪を切ってパーマネントをかけてくれる美容師さんに私が望んだことは、毎朝、五回ブラシか櫛を使えば、それで何とか人目をごまかせる髪形になるようにしてもらうことであった。「五回ですか」と美容師さんは笑い、「そうよ、六回はもうだめよ」と私は言い張り、現実に毎日の生活はそんなものだった。

私は六十代の半ば近くから七十代の半ばまで、約十年間財団に勤めたが、出勤の日の身支度に使う時間は、十分から十五分くらいで済ませていた。それ以上かけられないのである。だから私は翌日着て行くビジネス・スーツのブラウスを、前日のうちに迷わないようにハンガーにかけておくようにした。服を選ぶという仕事にかける時間が惜しかったのである。

そんなに工夫しているつもりでも、私は家の中では身だしなみが悪かった。夫の方が性格に似ず、家の中ではきちんとしていた。二階の寝室から階下に下りる時には、たいてい服を着替えていた。それに比べて私はガウンを引っかけたり、ハワイのムームー風か、アラブのカフタン風か、とにかく日本にはない長着を着て、だらしなかった。それを意識したのは、聖書を読んでからなのである。

つまり私は家の中なら、どんなに気を許してもいいと思っていたのだ。しかし聖書、つまりパウロはその甘さを禁じていたのである。もし人が、ほんとうに愛を知る人間なら、いついかなる時でも礼儀を失してはならない。私風の解説を付け加えれば、お酒に酔ってぐでんぐでんになったり、自分の苦悩を家族に当たることでごまかしたり、友人に借金をしてそれを返さなかったりするような不作法はことごとくいけない、と言うのだから、私は驚いてしまった。

病気自慢がなぜ増える

二〇一二年の春ごろ、日本人の、特に女性とマスコミの関心の的になった一つの名前がある。木《き》嶋《じま》佳《か》苗《なえ》というその名前を私は初め、恥ずかしいことにどういう人か全くわからなかったのである。間もなくそれは、男たちにかなり高額な金を貢がせておいて、その男たちを、練炭火鉢の一酸化炭素中毒であるかのように見せかけて殺したと疑われている、近来稀に見る毒婦という評判だった。

練炭火鉢の中毒なんて、終戦後によく起きた事件だと私は思っていたのだが、女性たちの関心は、あんな程度の美貌の、というよりどちらかというと醜い女性が、どうしてそんなに複数の男にもてたか、という点にあったようだ。そしてマスコミもまたそこを煽ったのである。結局、地裁は第一審の判決で死刑を言い渡したが、ジャーナリスティックな興味の対象になり得たのは、彼女が法廷で陳述した男たちとの関係の証言にあったらしく、私は今でもその触りの部分は知らない。

つい先日も、東日本大震災の後の人々の善意の運動の一つとして、どこかの地方の人たちが、もう乗らなくなった自転車を寄付して、それを東北の被災地に贈る、という運動を始めていた。ほんとうにすばらしいことである。

どこのうちにも、要らないのに、どうしようもなくおいてあるもの、というのがあって、私は自分の生活の中でもそれが気にかかる性格であった。ピアノ、自転車、大きな電気スタンドなどは、今の日本の狭い暮らしの中でよく使っているならいいけれど、無用の長物として場ふさぎをしている場合が多い。それを被災地に送って使ってもらえたら、ほんとうにすばらしい「縁結び」である。

たくさんの人が自転車を持ち寄ったが、その中の一人の奥さんがテレビの画面で、「もらってくれた人が、長く大切に使ってくれたら嬉しいです」と言っていた。私はその日一日、その言葉が気になってたまらなかった。

一般的に言うと、自分がお金を出して買わなかったものは、たいていの人が大切に使わないものなのである。私たちはそういう心理と原則を、まず認識すべきだろう。その上で、例外もたくさんあることの楽しさを忘れてはならない。恐らく作家は、贈られた一台の自転車を使った人たちを描いて行って、オムニバス小説も書けるはずだ。しかし自分が要らなくなったから上げた品物を、「相手が長く大切に使うこと」を期待する方がおかしいとも言える。

もっとも私の現実的な推測では、多分この人は善意の言い間違いをしたのである。この自転車を受けた見知らぬ人が、多分、「長く大切に使わせて頂きます」と言いそうだから、その言葉を先に自分が言ってしまったのだと思う。こういう言い間違いをすることはよくあることである。

とにかく、他人については語ることはほとんど百パーセントに近く不可能で、自分について語るのでもまた実に難しい、というのが私の実感だ。

年を取ると誰でも会話が、病気のことになる、と世間ではよく言われる。年寄りが三人寄れば、どこが悪い、あそこが痛い、病院や医者はどこがいい、という話になり、それだとけっこう長時間盛り上がる。町で人気の開業医の待合室が、こうした高齢者のサロンみたいになり、「お顔馴染み」の常連が、毎日「電気をかけに通っている」などという光景はよくあるという。

それで孤立せず、元気になれば、それもその開業医の治療効果の一つと数えていいだろう、と私は思う。しかし私はまだ若い頃、初めて女流文学者会というところで、宇野千代さんという美人の大先輩にお会いした時、緊張していたこともあって、たった一つのことしか記憶しなかったのである。それは宇野さんが、「この会で、病気の話をするのはよしましょう」とおっしゃったことだった。その一言で私はすっかり宇野さんという方が好きになった。

よく人と痛みを分かち合う、などというけれど、人間の無残さは、痛みや苦痛を決して分かち合えないことなのである。母親が死病を患うわが子の苦痛を代わってやれたら、とどんなに思うことだろう。しかしそれができないのである。東日本大震災で被災した人を慰めたいというけれど、家族、家、思い出の品々、仕事場、職、ペットなどを失った人の心を、他人の善意ではほとんど救えない。ましてや音楽や演劇や文学などで、深い心の疵《きず》を慰めることなどほとんど不可能だと私は思っている。

もちろん被災者たちは、こういう善意の人々の存在がある以上、自殺などしたら申しわけない、という程度のブレーキは感じるかもしれない。好きな音楽を聞かせてもらえて、ほんの一瞬にせよ、愛する家族を失った悲痛な思いを忘れていられた、という現実があれば、あらゆる人の善意の贈り物は、それなりに意味があったと言える。

しかしもっとも安定してしかも控え目に、他人の現実的な苦痛を少しでも担おうとするなら、お金を上げるだけだ、というのが私の感覚だ。拝金主義、俗物と言われるかもしれないが、私の実感なのである。つぶれた工場を建て直すにも、家を再建するにも、流されてしまった冷蔵庫を買い直すにも、お金は静かに役に立つ。そして確実にマイナーな幸福や救いを被災者に与える。

自分の苦痛は他人に代わってもらえないことに話を戻すと、病気の話はどんなに喋っても決して相手に分かってもらえない。そんな簡単なことさえ、長く生きて来た老世代があまり分かっていないことがあるので、私は不思議な気がするのである。

愚痴を趣味にする人、若ぶる人

一般論として、自分の弱みをひたすら隠す人と、あっけらかんとよその人に愚痴をこぼして、むしろその吐け口をうまく利用して生きている人とがいるような気がする。

隠すのも実は大変なことなのだ。隠しても隠さなくても、世間は大体その人のことを知っている。ただ間違いなく言えることは、誰もが必ず間違って知っているということだ。それなのに正確に知っていると思い込む。中にはとんでもない噂まで含まれていて、その方がもてはやされるようにも見える。

愚痴をこぼすことは、世界平和ならぬ「世間平和」のためにはかなり役だっている。人は他人の愚痴も時には好きなのだ。それによって自分の幸福を確かめる。だから自分から愚痴という形で情報を提供することは、賢い役割を演じていることになる。愚痴の内容はしかも、多くの場合普遍的な要素を持っているからである。しかししつこくて明るさのない愚痴は、嫌われる。

老年の賢さと体力が如実に示されるのは、自分の体の不調や不幸を、どのていど客観的に、節度をもって自覚し、外部に表現できるかということにもかかっているかもしれない。いつも眉をしかめて、前はあそこが悪かったのだが、今はここが悪いと訴え続ける人がいる。するといわゆる暗い空気があたりに立ち込める。

人間は原則として、陰々滅々たる空間の中にはいたくはないのだ。だからそういう人の傍には、結果的に人が寄りつかなくなる。するとこの人は、世間はみんな自分に冷たくて、放置するのだと言うのである。

そもそも老年というものは、今まで通りにことがいかなくて、普通なのである。世間の人たちは誰でも、冷蔵庫、自動車、ガスの湯沸器などという機械を使ったことがあるはずだ。たとえば湯沸器は通常十年くらい使えば取り替えの時期に来ているはずで、我が家でそれを十二年もたせたとしたら、それは「うまく使った」と慶賀すべきことなのである。しかし使用者の実感としては、たった十二年で「もう使えなくなったのか」とがっかりし、改めて費用がかかることにもうんざりするのである。しかし機械も古びるなら、人間の体もまた、使用期限が来るのが当然だ。

冷蔵庫も自動車も、十五年くらい使えば、それなりにガタが来ている。錆びが出た。

ドアがよく閉まらなくなった。機能が落ちた。もっともたいていの使用者は、それを才覚でカバーしている。ドアが閉まりにくくなった冷蔵庫は、このあたりでちょっと持ち上げるようにするとぴたりと閉まる、というような使い方のこつを発見して、もう数年使うのである。

体も機械も同じようなものだ。使い方のこつで何とか動くが、機械が磨滅する運命にあることは同じである。この万物が辿る経過に、逆らうのはあらゆる意味で無意味なのだろう。

愚痴を趣味にする人と付き合うのも大変だが、反対に自分をいつもよく見せようとする人と付き合うのも疲れるものである。若ぶるという姿勢は、いつ見ても幼いものを感じさせる。それは何歳になっても緊張して体や心を動かし、自分の心身の機能を最大限に鍛えておこうという姿勢とは違う。とにかく時間の経過に逆らって、自分だけはいつになっても若いのだ、ということを示そうとする不自然さを感じさせる。

その年、その立場に応じた適切な自己表現ができるには、まず自分を客観視する態度に馴れるべきだろうし、その次に言葉ではない精神の表現能力が要るだろう、とこのごろしきりに思う。

よく年寄りじみた格好をしないためには、年を取っても少し踵の高い靴をはいて歩くべきだ、という。これは足の筋肉を鍛え、姿勢を伸ばすためにも有効な方法なのだそうだ。もう一方で、ハイヒールの靴など履いて転倒して骨折したらどうするのだ、という安全志向型の生き方もあり、こういう人たちはいわゆる踵が一センチくらいしかない「べったら靴」を履いて歩いている。

自分の足に合った靴というものを探すのは、（私のように両足を骨折した前科者には特に）なかなかむずかしいものだが、それでも自分の生きる姿勢に合った踵の高さを見つけることが、パウロの言う「礼を失せず」という姿勢にも叶うのだろうと思う。

第十四話　誰からも人生を学ぶという哲学

成功者の法則

二〇一一年の十一月の下旬、坂下門の前で車を停めていると、前に停車していた黒い車の中の男性が私を見つけて声を掛けてくださった。当時の国交省の副大臣、その後、拉致問題担当相になられた松原仁氏であった。

「今日は皇居にいらっしゃるのですか？」

と私が言うと、松原氏は、ウォーレン・バフェット氏に皇居を見せるために来たと言われた。ところが私は、恥ずかしいことにバフェット氏なる方の名前も知らなかった。

私が、

「どういう方ですか？　科学者ですか？」

などと勘の悪い質問をしていると、氏はアメリカで一、二を争う資産家で、今回いわき市の投資先の新工場完成式典に出席するために来日中だという。「そう言われれば、朝刊でその方のお名前を拝見しました」ととろい私はやっと思い出して言い訳をした。

そのうちに当のバフェット氏ご一行が現れた。何しろ後から調べると、アメリカのみならず海外のアジア人たちも、この方といっしょにステーキランチを楽しむだけの権利をオークションで落札し、その売り上げ額だけで二億円以上の値段になるのだという。もちろんそのお金はバフェット氏自身の懐に入るのではなく、別の財団に寄付されるのだそうだが、そういう世界的有名人に、私はひょんなことから爽やかな秋風の中でお会いしたのである。

そのバフェット氏は、実に好感のもてる方であった。少し肥り気味の体に、前のはだけたようなラフな背広を着て、ネクタイもまあ、ぴんとしているというより適当によれよれに近い自然体で、同行されている奥さまも、地味な家庭夫人というスーツ姿であった。

「ちょっと紹介します」と松原氏に言われて、それを辞退するのも悪い意味で日本的だと思ったので、私は夫妻と握手し、私は日本の小説家なのです、と自己紹介し、「皇后陛下とかつての同窓生なので、今日はお目にかかりに伺うところです」と説明した。そして「どうぞ日本でいいご滞在を！」と言ってお別れした。その間三十秒くらいだろうか。うちに帰って夫にその話をしたら、彼も果たしてバフェット氏の名前を知らず、私が「世界一のお金持ちですって」と説明すると、新聞に眼を落したまま「一億円の札束もらってきたか？」と人ごとのように言うだけであった。ほんとうにいやな冗談だ。

それからバフェット氏のことなど、私には無縁の日々が続いて、つい先日、私はたまたま朝早く見た衛星テレビで、バフェット氏の横顔のようなものを知ったのである。

いつも私は大切な番組を途中からしか見ていない。その中でたった一部知ったバフェット氏の思想は、しかし非常におもしろいものであった。あまりに番組が人物像を生き生きと描いていたので、私はコンピューターで通俗的な知識を補足したのだが、この方の人生の最初の歩き出し方はやはり天才的である。

氏はネブラスカ州のオマハで証券会社を営む父の息子として生まれたのだが、幼い時から非常に経済観念のある子供だった。お祖父さんから、コーラ六本を二十五セントで買い、一本を五セントで売った。それで三十セントになったから、つまり氏は五セント儲けたのである。この、どんな子供にでもできそうな商売を、しかし実際に思いついた子供は私の周辺にはいない。

私の好きなのは、氏がどんな仕事にも興味を持って、その世界で働くことで、実情を肌で把握したことである。世間のように職業に対して貴賤の感情など持たない。親も「そんな仕事はするな」とは言わなかったのである。バフェット氏は、いわゆる金に困らないうちの子供だったのに、新聞配達、ゴルフ場のボール拾い、競馬場の予想新聞売りなどあらゆる下積みの仕事をして金を稼いだ。

今日本が抱えている二百万人を越える生活保護受給者たちには、多分この部分の精神を欠いている人たちが多いのである。病人でない限り、どんな仕事でもするというなら、国家から金を貰わなくても人はどうにか生きて行けるはずだ。

実は私も、自分の生活と全く違う仕事をする趣味があるが、目的が少し違う。私はお金も好きなのだが、私がどんな仕事でもやってみたいと思うのは、後でその世界につい て、浅はかではあっても観念より少しだけ深いウンチクを傾けることができるようになるためだ。つまり私も、たいていのものが楽しみの種になったのだが、それが経済行為とつながらなかったことが、氏と私の大きな違いだ。

インターネットによれば、氏には常に自分の眼があった。人がいいと評価して群がるものなどには、手も出さない。群れていてはだめだ、ということだ。その背後には自分の選択した道を進む勇気と信念が存在する。自分の眼のみを頼って、これは儲かると惚れ込んだものに投資する。これが鑑識眼というものだ。人でもものでも、自分に選択の力がないとおもしろい生涯は送れない。

考えてみると、人生で「好み」を持つということは実に大切だ。他人の評判を気にしている人は、自分の好みではなく、あてがいぶちの人生を生きることになる。したいことがない人ほど、つまらなく、危険な存在はない。彼らはたやすく他人に動かされて、モブ（暴徒）になる素質を持っているからだ。

「世論調査なんて、（自分で）考えることの代わりにはなりません」

と氏は言っているという。

バフェット氏が何にどのように投資をしていったか、ということは、書き出すと大変だし、私にはアメリカの企業の特徴や規模など理解できないので、うまく伝えられない。ただ素人向きの話を一つ伝えれば、一九八八年には氏はコカ・コーラの株も買い始め、同社の発行済みの株式の七パーセントを所有するまでになった。

「買うのは企業。株ではない」

と言い切っているという。また、子供の時、数セントを「地道に」稼いだことがあるにも拘わらず、彼は安物買いには走らなかった。

「普通の企業を格安で買うよりも優れた企業を相応の価格で購入すべきだ」

と言っているという。やはり幼い時から、商売の延長線上になるものを学んでいたのである。

謙虚に外界を知ること

経済と無縁の私のような者でも、おもしろいのは氏の人生哲学の部分である。

皇居前で会った時にはわからなかったのだが、バフェット氏は、単に外面がいいというのではなく、人といる時は、いつでも機嫌よく楽しく暮らそうと努めていた。テレビは、彼が大勢の人に囲まれているパーティーの場面をたくさん映していたが、人づきあいの悪い私と違って、氏はほんとうに大サービスをしているのである。誰もが氏といっしょにいわゆるツーショットを撮りたがるのだが、少しも億劫がらず、誰とでも求めに応じて並んでカメラにおさまる。「娘といっしょみたいだね」などとほんの一言でも個人的な声をかけながらである。

彼の亡くなった前妻は、「ウォーレンはカラーテレビのような人です。皆が白黒なのに、彼にはカラーに見えるの」と言っていたというが、バフェット氏は人間でもものでも、彼なりの眼力で見抜き、強烈な特徴を発見する、ということだろう。だから投資先を見誤ることもないのだし、誰とでも肩を組んで写真を撮る意味を見つけ出せるのだ。

とにかく日々を機嫌よく楽しく暮らすというのは、それだけで大きな徳の持ち主と言える。日本によくいるのだが、終生、家では仏頂面をしていて、妻の仕事のことなど眼中にないいばった夫というのは、それだけで人生の成功者ではない。なぜなら、妻一人にさえ幸福を与えられなかった人が成功者であるわけはないのだ。

私は最近、それを殊にはっきりと感じるようになって来た。子供の時の私の家庭は暗かったが、今の家庭は風通しだけはまちがいなくいい。それでも時々、誰かの健康状態が悪いと、（私をも含めて）その人が不機嫌な顔をする。むずかしいことだが、できたら病気の時でも嘘をついて明るい顔をしているのが老年の義務だとさえ思うことがある。

バフェット氏の生き方の背後には、テレビが言っていたように、誰からも人生を学ぶ、という哲学があったからだろう。

バフェット氏につけこんで自分を売り込むわけではないが、私も誰からも学んだ。私は五十歳以後、ほんとうに毎年のようにアフリカに行ったが、アフリカの極貧の田舎で、隣村にさえ行ったことのないような人からも、どれだけ多くの基本的な人生の姿勢を学んだか知れない。

バフェット氏は通常の我々とは比べものにならないほどに、多数の人間をよく知ろうとしていたのだ。もちろんそれは、商売にも役だったろうが、これほど人生で贅沢な趣味と実益をかねたものはなかったのだろう。謙虚に外界を知ることほど、人間を育てる要素はないのである。

バフェット氏の特徴の中で、もっとも優れているのは、大富豪として、氏はお金の使い方を知っていたということだ。氏の財産の九十九パーセントはバークシャーという会社の株だというが、二〇〇六年に彼は資産の八十五パーセントに当たる三百七十四億ドルを、五つの慈善財団に寄付することにした。そのうち三百十億ドルは、ビル＆メリンダ・ゲイツ財団に贈るという。亡き妻の名を付したスーザン・トンプソン・バフェット財団というのはあるらしいが、バフェット氏の一つの姿勢は、どれだけお金を出そうと、決して自分の名前を冠した財団を作らないということだ、とテレビは言っていた。

「お金は自分のところに置いておいてはいけない。使い方を知っている人に、使ってもらったらいい」というのがバフェット氏の思想だという。そのお金の使い方を知っている人の一人が、ビル・ゲイツなのである。

氏の過去の中でおもしろいのは、大富豪になっても、氏は愚かなお金の使い方をしなかったということだ。一九五七年に、夫人が三番目の子供を妊娠した時、氏は故郷の町に建っていた漆喰作りで寝室が五つある家を三万一千五百ドルで買い、そこに今でも住んでいるというのである。この寝室五つというのがなかなか能弁だ。子供たちが一人一室ずつ、夫婦の主寝室が一つ。後の一部屋は書斎か客用の寝室として使うにしても、実はそれで十分でそれ以上は要らないはずだ、という人間生活の基本を押さえた家のように私には思えるのである。当時と今と物価が違うから正確には比較できないのだが、三万ドル余りの家というのは、日本円で約三百万円から一千万円。物価指数を考えてもせいぜいで六千万円くらいのものだという。

それほどの豪邸ではない。しかし必要にして十分な広さだ。不必要に広大な敷地を持てば、庭師を雇わねばならない。シャンデリアをおけば、それを磨く人がいる。人は同時に二つの寝室では寝られない。一度に二枚の服も着られない。人間、要るものと要らないものとのラインは、割合にはっきりと引ける。その自覚がない富豪が、世間には多過ぎるのである。

バフェット氏のような人なら、専用のコックを雇い、さぞかし美食をしているのかと思う人もいるかもしれないが、ソニーの盛田昭夫氏がニューヨークの自宅にバフェット氏を招いた時、二十皿ほど続いた日本式の会席を供したが、氏はその和食にはほとんど手をつけなかった。つまりかなりの偏食で、マクドナルドなどが売っているハンバーガーと、特別に甘い味付けをしたチェリーコークという飲み物しか口にしない。お金があっても美食を楽しむどころか、毎食千円もかからない食生活をしているのである。

なりたい仕事、なりたい状態

人間、自分の欲しいものしかほんとうは要らないのだ。その見極めがいる。するとこうした単純な生活が自分にとって最高の環境ということになる。ただハンバーガーは肥る素と言われているし、野菜も嫌いらしいから、少々肥満になったわけだ、と私は坂下門外の邂逅を思い出す。

しかし氏は一九三〇年の生まれだから、既にかなりの長寿を生きたわけだ。二〇一二年には前立腺癌であることを公表したが、それも危険な状態ではないらしい。人間の長寿は、いわゆる「いい食生活」とも、実は大した関係がない場合があると思われる。要は、自分に合った暮らしというものが大切なのだ。

先日、日本で金美齢さんにお会いした。すると最近の若い世代は、将来何になりたいか、という質問に対して、「セレブになりたい」と答えるのだという。

昔の子供たちは、なりたいものを職種で答えた。パイロットとか、学校の先生とか、大工さんとか、総理大臣とか言ったものだった。しかし現在の生ぬるい青年たちは、なりたい仕事ではなく、ただその結果としてなりたい状態だけを答えるらしい。

大切なのは、「何によって」人は人生の到達点に至るか、というその手段だ。そしてその途上には、当然のことながら、長い年月、そのことに捧げた辛抱と自己研鑽が加味される。しかし今の世代には、その現実さえも見えない。

第一セレブとは何か。私は純粋の日本的小市民的家庭に生まれたのだが、学校では英語が渦巻いているという国際的な修道院の付属学校で育った。もっとも私の英語の学力はけっして抜きんでてはいなかった。私は小説を書くことだけは考えていたが、英文法を習うことには熱心ではなかったからだ。しかし英語は聞き慣れていたはずだ。その中で、セレブという不思議な和風英語の素になっているセレブリティー（芸能界などのスター）というような単語には、全く一度も出会った記憶がない。学校はスターについて教えなくてもよかったのだし、それにスターの話をするなら、それを示す言葉はスターだけでたくさんだったのであろう。

この現世を、その掌で握りしめたことがなく、ヴァーチャル・リアリティの中の知識としてしか知らない人々が、実に多くなったのだ。しかしバフェット氏を見ても、現実に手で対象を触る人だけがほんとうの仕事をする。触った時にざらざらか、冷たくて手袋が欲しいか、それとも火傷をするか、その体験がある人だけが、人生でしっかりした足がかりを作るのだろう。

今この原稿を書いているのは、二〇一二年の五月末で、アメリカで上場した「フェイスブック」の株価が劇的に下がったというニュースが流れている。「フェイスブック」のような軽薄な人とのかかわり方が、今後も本流となりうるかどうか、私がその成り行きを見きわめて死ぬことは恐らくできないだろうが、もし百歳まで生きていたら、それをおもしろがれる目標にすることにしよう。

本書は『新潮45』連載、「人間関係愚痴話」（二〇一一年六月号〜二〇一二年七月号）を改題の上、まとめたものです。

曽野綾子　1931（昭和６）年東京生まれ。作家。聖心女子大学英文科卒。79年ローマ法王よりヴァチカン有功十字勲章を受章。『天上の青』『貧困の光景』『人間の基本』『堕落と文学』など著書多数。

Ⓢ新潮新書

518

人間関係《にんげんかんけい》

著　者　曽野綾子《そのあやこ》

2013年４月20日　発行
2013年11月10日　７刷

発行者　佐　藤　隆　信
発行所　株式会社新潮社
〒162-8711　東京都新宿区矢来町71番地
編集部（03）3266-5430　読者係（03）3266-5111
http://www.shinchosha.co.jp

印刷所　二光印刷株式会社
製本所　憲専堂製本株式会社

ISBN978-4-10-610518-0　C0210